作　家　小　书　房

一　切　都　源　自　童　年

吉祥的天空

张之路 / 著

作家出版社

图书在版编目（CIP）数据

吉祥的天空 / 张之路 著. -- 北京：作家出版社，2020. 5
ISBN 978-7-5212-0798-9

Ⅰ. ①吉… Ⅱ. ①张… Ⅲ. ①长篇小说 - 中国 - 当代
Ⅳ. ①I247.5

中国版本图书馆CIP数据核字（2019）第 273588 号

吉祥的天空

作　　者：张之路
策　　划：左　眩
责任编辑：邢宝丹　桑良勇
装帧设计：薛　瑾
封面插图：张卓明
封面题字：严　忠
内文插图：薛　瑾
出版发行：作家出版社有限公司
社　　址：北京农展馆南里10号　　邮　　编：100125
电话传真：86-10-65067186（发行中心及邮购部）
　　　　　86-10-65004079（总编室）
E-mail:zuojia@zuojia.net.cn
http://www.zuojiachubanshe.com
印　　刷：中煤（北京）印务有限公司
成品尺寸：148×210
字　　数：107千
印　　张：6.75
印　　数：001-10000
版　　次：2020年5月第1版
印　　次：2020年5月第1次印刷
ISBN　978-7-5212-0798-9
定　　价：29.80元

张之路

　　著名作家、剧作家,现为中国作家协会儿童文学委员会副主任、中国电影家协会儿童电影委员会会长。曾获国际安徒生奖提名奖以及中国安徒生奖。著有长篇小说《霹雳贝贝》《第三军团》《非法智慧》《汉字奇兵》《吉祥时光》等,作品曾获国家图书奖、全国优秀儿童文学奖、宋庆龄儿童文学奖等。小说《羚羊木雕》和童话《在牛肚子里旅行》分别被选入中学和小学语文课本。

　　另著有电影理论专著《中国少年儿童电影史论》,剧本《霹雳贝贝》《魔表》《第三军团》《妈妈》等。曾获中国电影华表奖、电影童牛奖、夏衍电影文学奖、电视剧飞天奖、开罗国际儿童电影节金奖等奖项。

目录

1

引子

那天下午回家，我在小区门口看见一只蹒跚行走的乌鸦，它好像受了伤，一只翅膀拖在地上。我走上前按住它，它几乎没有挣扎。

我把乌鸦抱回了家，扒开乌鸦的翅膀，看见红色的地方，估计是受伤的部位，用清水擦了擦，又撒了一点儿云南白药粉……在治疗的过程中，乌鸦不但不动不叫，反而很配合。但是当我把它放在地板上，乌鸦却躲到旮旯，显出几分戒备的样子。

从那天以后，我每日都要围着笼子观察乌鸦的伤势恢复得怎么样，还经常把它从笼子里放出来散步，看看它的表现和飞翔的欲望。

大约过了两个星期，我打开阳台的窗子，用右手托着它，嘴里念念有词："神鸟，神鸟，飞吧，祝你一路平安！"

乌鸦从窗口飞了出去，没有在附近的树上停留，一直消失在蓝天的尽头。

望着空空的鸟笼，我有一种满足，又有一种惆怅。

大约三天后的清晨，我听见好像有人在敲阳台的窗子，不由得心中一惊——我家住在八层楼，有人敲窗是件匪夷所思的事情。于是战战兢兢地跑过去一看，原来是乌鸦在啄窗子。我又惊又喜，连忙打开窗子。乌鸦跳进来，朝鸟笼走了两步，嘴里掉出个东西，"当"的一声落在阳台的地砖上。乌鸦转身展翅，扑棱了两下，又从进来的地方飞走了。

我低头查看乌鸦带来的"礼物"。原来是一根锈迹斑斑的木螺丝，大约有一寸长。

乌鸦能回来看我，已经让我感到惊讶和欣喜。它居然还带来了礼物——无论是什么东西，那都是一份感动和报答。

树木渐渐凋零，有一天，让我又惊又喜的是乌鸦又飞进了阳台。这次它带来的礼物是一只哨子——就是那种老式的电木做的哨子。这只哨子是红褐色的，用手摇一摇，里面有个"核"，一个黄豆大小的软木小球。有了这个小球，吹哨子时就会发出"咕噜咕噜"的声音，而不是一声单调的哨音。

这只哨子看着眼熟，我好像见过，但一时又想不清楚。哨子吹嘴的地方有些磨损，看得出来那是只旧哨子，而且是只老款式的哨子。我想着应该要清洗一下，可是手却不听脑子的指挥，只是用衣袖擦擦哨子嘴，就放到嘴上吹了一下。

"嘟嘟——"

哨子居然响了起来。当声音传到我耳朵的那一刻，我呆住了。我猛然记起了这只哨子，认出了这只哨子……

哨子嘴的根部，还有几个鼓出来的小字：上海制造。

乌鸦还没有走，直瞪瞪地看着我，仿佛是个送信的使者，还等着我给它"回执"一般，不停地在我面前踱着步子。

我想起来了，和这只哨子有关系的有许多人、许多事，对了，还有一只乌鸦，和眼前的乌鸦几乎没有什么区别。它也曾在离我这么近的地方踱着步子来回地行走……

第一章

小东屋的新伙伴

那一年，吉祥有了自己独立的一间小屋。

小屋的位置很奇特。它在西房和北房交接的拐角。外边的走廊正是从低往高的斜坡，现在堆着几个柳条箱，因此很少有人经过这里。小屋没有窗子，只有一扇朝南开启的门，房顶上开了一个天窗。屋里的明亮都靠着从天窗漏下来的阳光。隔壁院子的一棵枣树探身过来，枣子成熟的时候，常常会有落叶或者枣子敲打着天窗……

吉祥就是在这间大约六平方米的小屋子里，度过了他的中学时光。

小屋里有一张方桌，方桌有两个抽屉，抽屉不大，只能放一些吉祥最要紧的东西。他有一枚鸡血石的小图章，那是父亲特意找人给他刻的。有人给了父亲一块鸡血石，父亲本来可以刻一枚大一点儿的图章。可是父亲偏让刻图章的先生锯下三分之一给吉祥刻了他一生中的第一枚名章。另外三分之二还保存在父亲那里。

除了图章，抽屉里还有一只哨子，一只红褐色的电木做成的哨子。那是表兄送给他的。表兄是母亲的侄子，他差不多比吉祥大二十岁。他当过志愿军，参加过抗美援朝战争。他是汽车兵，复员后暂时住在吉祥家里，在一家仪器工厂当临时工。他有几样东西吉祥很喜欢。第一样是枚纪念章，金色的五边形花边，红色珐琅底上有只金色的和平鸽，上面写着四个金字：和平万岁！第二样是个大号的搪瓷茶缸，白底上写着红字：献给最可爱的人。第三样是只哨子。表兄说，志愿军冲锋的时候还吹哨子，他就吹着哨子冲锋过。吉祥不明白，冲锋不是吹冲锋号吗？表兄告诉他，冲锋号、呐喊声、哨子声一起扑天盖地地响，能给敌人很大的威慑和震撼。当时每个士兵都发了一只哨子，几百人一起吹起来真是难以想象。

表兄说："三样东西我只能送你一样，剩下的我要留作纪念。"

吉祥选择了那只红褐色的哨子，把它放在一个小白布袋里。这成为他珍贵的收藏。记得当时他把哨子洗了洗，还擦了几遍，总想找出有纪念意义的痕迹，哪怕有个日期也好呀。

可是哨子上只有四个字——上海制造。

1956年的秋天，吉祥家来了一个小伙伴，比吉祥瘦，比吉祥黑，也比吉祥高一点儿，是个从农村来的乡下孩子。

爸爸对吉祥说："他叫春来，刘大叔的儿子。"

吉祥怔怔地看着这个新来的伙伴。

春来咧咧嘴，算是打了招呼。

春来的爸爸是父亲的好朋友，吉祥叫他刘大叔。刘大叔老家也在山东，一个人在北郊木材厂当技术员。有一天聊起家常，刘大叔说他的儿子小学毕业在山东老家，父亲就说："到北京来念中学吧。没准儿出息了也说不定。"

刘大叔叹了一口气："唉——也没有指望他成气候，就在家里凑合念个初中，跟着他爷爷种地吧。"

吉祥的父亲再三动员，刘大叔勉强答应了，给家里写了封信。春来就独自坐着火车来到北京。刘大叔还没有下班，没有来得及去接他。春来自己坐三轮车来到地处王府井的木材厂门市部。一位老大爷把他领到刘大叔的屋子里，让他休息休息。老大爷出去了。春来想拉把椅子坐下，忽然房间亮了起来。春来以为起火了，一面往外跑一面喊："着火了——"

老大爷跟着他跑进屋一看，原来是电灯亮了。老大爷笑着说："大少爷，没有起火，是你拉着电灯绳把灯点亮了。"

春来再仔细一看，原来灯绳被拴在椅子上。

"这是我第一次认识电灯。"春来对吉祥说。

"这是第一次有人叫我大少爷……"春来又说。

吉祥听春来说着笑话一样的经历，笑得直咳嗽。

春来从木材厂搬到吉祥的家，和吉祥一起住在了小东屋。

现在小东屋摆了两张单人床。吉祥在西面，春来在东面。两张床头的中间是那张方桌，可以写字和读书。吉祥懂事地把挨着春来那边的方桌抽屉腾出来，让春来使用，还顺便把那只哨子的历史给春来讲述了一番。

吉祥从此有了个朝夕相处的小伙伴，这真是上天送给他的礼物。

农村孩子上学晚。春来比吉祥大两岁。吉祥的算术比春来的好，春来的语文比吉祥的好。那时候春来就可以写很漂亮的毛笔字。他们成了复习功课考初中的伙伴，朝夕相处，互相学习，取长补短。

他们一起读了许多书，家里虽然没有多少书，就东借一本，西借一本。那时候的书流通得很快，大部分的书都不寂寞。这本书今天在你的桌子上，明天就可能来到另一个朋友或者同学的枕头边。崭新的书几乎看不到，吉祥的手上都是被传阅了多次的书。

《林海雪原》《青春之歌》《红旗谱》《敌后武工队》《苦菜花》《迎春花》《创业史》……吉祥几乎都看了。《说唐》《说岳全传》《七侠五义》《施公案》等侠客小说也是一两天就看完一本。

考初中和上初中那段时间，可能是吉祥和春来读书最多的时候。

孩子们阅读有个可爱的倾向——他们不崇拜权位，只佩服少年英雄。孩子们都知道大唐的第一好汉是李元霸，他比他的哥哥——唐太宗李世民更受少年读者的喜爱。说起《三国演义》中的刘关张桃园三结义，孩子们更喜爱的还是赵云——赵子龙。

吉祥和春来共同阅读的书还有全国政协出版的《文史资料选辑》。

这套书装帧朴素，灰色封皮上面写着"文史资料选辑"六个字。这类书书店没有卖的，都是吉祥的姐夫带回家来的。从那里面可以看到许多中国现代历史上很有质感的东西，知道许多以前不了解的历史细节。

春来和吉祥有许多共同的特点，他们都喜欢读小说，都喜欢历史，也都喜欢聊大天。除开这些以外，大家都认为吉祥比较娇气，而春来是个很皮实的家伙。

冷天的时候春来可以光着膀子用冷水洗澡。母亲给春来的脸盆旁边放了一个擦脸油，但春来不搽油。吃饭的时候，吉祥告诉母亲。母亲说："春来不习惯，慢慢就习惯了。"

炉子上烤了馒头片，春来很爱吃。吉祥就说："搽油不习惯，吃馒头怎么就习惯呢？"母亲瞪了一眼吉祥说："这是两件事情，别人不愿意的事情不要勉强人家。"

有一天，刘大叔到吉祥家，那天还下着毛毛雨。

大家坐到南屋，刘大叔一面和吉祥的父亲说话，一面检查春来的作业。吉祥和春来站在一旁等着大人们的评价。刘大叔看完一道数学题，抬起头对春来说："虽然得数对了，但不是最简便的解法。"

春来有些不在乎地说："得数对了不就成了吗？"

万万没有想到，刘大叔抬手就给了春来一个大嘴巴。

全屋的人都愣了。没有一个人说话。吉祥呆住了，他从来没有想到过和蔼的刘大叔会有这样的举动。

刘大叔对吉祥很和气，可是对春来却一直板着脸，从来没有个笑模样。用大人的话来说就是：对孩子，只能惯心不能惯脸。

这一天的刘大叔深深地印在了吉祥的脑海中。

第二章

孙老师和黑板报

大半年过去，转眼到了1957年的秋天，胡同里的好几个孩子都上了初中。

　　老天不负有心人，春来考上了北京最好的中学——男四中，吉祥考上了贝府中学。吉祥的好朋友宋国钧考上了三十九中……

　　每天上学路上，几个小伙伴出了胡同口就各奔东西了。

　　贝府中学是由王府改成的中学，这是一所男校，只收男生。

　　吉祥分在初一（二）班，班上一共有五十二个同学，全是男生。班主任老师姓孙，听说是留校的老师。

　　那几年，贝府中学在优秀的高三毕业生中留下了几位担任教师。他们一般都是金质奖章或者银质奖章获得者，教物理的陈老师、教化学的王老师，还有就是戴眼镜的孙老师，都是。孙老师是初一（二）班的班主任，还教政治课。

高中毕业生留校教中学，能胜任吗？担心归担心，事实证明这些留校的老师都是非常优秀的。

孙老师不高不矮、不胖不瘦。当他第一次把自己的名字写在前面黑板上的时候，同学们不由得感叹一声："真帅——"

孙老师可能也知道自己的字很帅，于是微微一笑说："帅吧——告诉大家，更帅的还在后面呢……"

过了一个月，初一年级举行联欢会，孙老师给大家表演了独唱。大家才知道孙老师原来嗓子这么好。闭上眼睛一听，就和广播电台里的差不多。当孙老师走下台，走到初一（二）班队伍的时候，大家又伸出大拇指："孙老师——真帅——"

孙老师微微一笑说："帅吧？告诉你们，更帅的还在后面呢……"

大家暗暗吃惊，贝府中学真是不同凡响，每个老师都那么有本事。同学们都在琢磨，孙老师还有什么更帅的本事呢？说者无意，听者有心。说过的话孙老师可能忘了，但每个同学都在期盼孙老师还会放出新绝招。可一个月过去了，孙老师既不会"蹿房"也不会"越脊"，大家不免有些失望。

时间久了，同学们也不再期待孙老师有什么新绝招，只是觉得他这个人爱唠叨，唠叨得有时候让你心烦。

吉祥班上有个同学叫王夏。他每天笑呵呵的，看着挺憨厚，实际上脑子转得一刻也不停。班上五十二个同学，有十来个住校，王夏就是其中之一。住校的同学家长不在身边，又方便互相交流，许多鬼主意、坏点子，包括学校的传闻都是从他们那里开始传出来的。刚进学校的时候，同学们彼此之间还有点儿陌生，感觉自己像客人。一个月过去了，他们和上几届的大哥哥们熟悉了，彼此也互相熟悉了，对周围的环境也熟悉了，"当家做主"之后便开始淘气。

　　有一天，课间的时候，王夏忽然站到椅子上对大家说："你们知道孙老师更帅的事情是什么吗？"

　　大家围上前去。

　　"终于被我发现了……"王夏自己先"咯咯"地笑起来。

　　"到底是什么？"大家问。

　　"孙老师爱唠叨。"

　　"什么意思呀？这是优点还是缺点呀？"

　　"当然是优点呀——"王夏夸张地学着孙老师的口气说，"我是孙老师，浓眉大眼，年轻英俊，特别是上课的时候，声音洪亮，穿透力强！当然，在批评学生的时候，声音就更大，而且批评起来没完没了，没完没了，没完没了……弄得学生心里特烦，嘴上又不敢说。哈哈——帅吧，告诉你们，更帅的还在后面呢……"

同学们都笑了。王夏学得还真像孙老师在说话。

另一个住校的同学添油加醋："我们住校的每天上八堂课，早上还有早自习，到冬天时，真就是披星戴月，一点儿不夸张！孙老师平时住校，我们上下午第四堂课时，他连晚饭都吃完了。我们第四堂课刚一下课，他就正好到教室来训我们。一到这时候，我们更是烦透了！真想让孙老师变成哑巴！"

大家又哄笑起来。

大约是两个星期后的一天，早晨没有见到孙老师，下午第二节的下课铃快响了还是没有见到孙老师。不住校的同学书包带都挎在肩上了。

就在这时候，窗外出现了孙老师的面孔。大家集体"唉——"了一声。

孙老师进来，跟在后面的年级组长也进来了。

往日滔滔不绝的孙老师，今天却一声不响。

年级组长是位女老师。她开始给大家讲话："同学们，我今天要说一件事儿，请你们一定认真听。我想告诉你们，你们孙老师今天病了。他病得很重，嗓子坏了，一点儿声音都发不出来了。平时孙老师的嗓音是那么洪亮，但是今天却没法说话，你们知道，老师心里有多难受吗？就是这样，孙老师还坚持要来见见同学们，跟大家说句话。希望大家能认真地听孙老师下面的讲话，好不好？"

大家都愣住了。怎么会这样？孙老师嗓子坏了，怎么还能给我们讲话？

教室里变得很安静。

这时候，只见孙老师拿起粉笔，在黑板上开始写起来："同学们，对不起，今天只能让大家看我写话了！因为我病了，今天没有来校。听科任老师讲，我们班今天的课堂纪律非常好……"孙老师就这样一字一字地，在黑板上把要说的话全写了上去，最后还特意叮嘱大家，"现在天已经黑了，同学们一会儿回家时，要注意安全!"

孙老师写话比平时说话用的时间还要多，但是却没有一个人觉得烦人，教室里鸦雀无声。

孙老师写完话，放下了粉笔。吉祥心里觉得有些沉甸甸的。

放学了，同学们陆续地离开了教室。孙老师站在门口，直到把大家全都送走了才回去。

第二天，吉祥刚走进教室，一眼就看见黑板上的粉笔字。

孙老师！您快好起来吧！我们还是愿意听您用嘴来讲话，哪怕是批评我们！我们都愿意！昨天我们看到了你最帅的时候……

吉祥想，可能是王夏写的吧。

教室除了前面的黑板，后面也有块黑板——那是班上出黑板报用的。黑板报的右下角有个栏目叫"近日新闻"。现在那里也出现了几行字：

近日新闻

1957年9月29日，孙老师病了，还带病来看望大家；

1957年9月29日，新中国建成第一座天文馆。

看着这几行字排在一起，大家觉得有点儿好笑，一起把目光转向了班上的田汉树同学。他是班上的壁报委员，粉笔字写得就像书法家写的一样苍劲有力。他的粉笔字写在黑板上，不光是新闻，还是艺术。

班长赵中华说："你怎么把孙老师病了也写到黑板报上？"

"怎么？不能写吗？"田汉树很天真地问。

大家又笑。只有田汉树怔怔地看着大家。

看着他认真的样子，赵中华又说："黑板报上面写老师病了，还有天文馆建立，你不觉得有点儿傻吗？"

"我觉得很正常。"

一个同学说："田汉树装傻充愣……"

王夏边笑边摆手说："他不是装傻，他是真傻！"

田汉树又问："我怎么傻了？"

这时上课铃声响了，语文老师走进来了。看着黑板报上面的新闻，他不禁微微一笑，看来也是心有所动……

那一天，吉祥忽然有了个想法，他想把哨子借给孙老师。中午回家的时候，他专门取了哨子。

等到下午第二节课下课的时候，吉祥来到孙老师的办公室。他把哨子交给孙老师的时候，感觉非常奇妙——居然不用语言的交流，两个人的心思都表达得一清二楚。孙老师微笑着朝吉祥点点头。

"这是我表兄从朝鲜战场上带回来的，他们冲锋的时候还吹哨子。"吉祥介绍说。

孙老师双手合十，微笑着。

吉祥转身离开，当他走到门口的时候，又转身回来说："孙老师，我是借给你的。"

孙老师咧嘴笑起来，接着，他的哨子响了三个短音："嘟、嘟、嘟。"

吉祥猜想，这三个音可能表示：知道了；也可能是：谢谢你；当然也可能是：真小气。

不管是什么，吉祥都挺高兴。

第三章

怎么办

孙老师的嗓子好了，他把吉祥的哨子物归原主了。他还特意在班上讲话，举着哨子讲述了哨子的光荣历史，并郑重地向吉祥表示感谢。

好几个同学回头看吉祥，吉祥也微笑着点头示意。

那天下午，吉祥回了家，母亲和姐姐在厨房里做饭，她们低声说话，似乎是挺重要的事情，又好像不愿意让吉祥听见。

"为什么事儿呀?"母亲问。

"小组会上说了不该说的话。"姐姐回答。

"什么不该说的话?"

"我也不知道……"

"病从口入，祸从口出呀……"

……

几天后，吉祥知道了，姐夫的同事张尚当了右派。姐夫也沾了包。

沾包是沾光的反义词，就是沾上了倒霉。姐夫将要被下放到山西大同的一个工厂，姐姐也要跟着去那里当小学教师。从姐姐离开北京时起，母亲就多了一件事情：每年要坐火车去大同看姐姐。

要说姐夫的同事张尚，那还得从一年前说起。

吉祥上中学不久，有一天吃晚饭的时候家里来了位客人，他是姐夫的同事，名叫张尚。姐夫那一代干部里，大学生很少。姐夫高中毕业就算是很有学历了，而张尚却是个大学毕业生。

在吉祥的心目中，大学生都是戴眼镜的，张尚却没有戴眼镜。在吉祥心目中，知识分子都是瘦脸尖下巴，头发很长。张尚却长了一张圆脸，而且是黑里透红的，还留着寸头。要说张尚是个工人师傅也不会有谁怀疑。

张尚没有文质彬彬的样子，非常健谈。后来他每次来吉祥家都很愿意和吉祥说话。吉祥也能从他那儿听到许多新鲜的事情。

有一次，饭吃到一半，张尚从书包里掏出一本书。吉祥眼前一亮，这正是他在书店里曾经看到过的书——《钢铁是怎样炼成的》。

张尚把书递到吉祥的眼前说："你上中学了，叔叔送给你一本书。这是苏联作家奥斯特洛夫斯基的小说，很受欢迎。"

姐夫在一旁说："好好谢谢张叔叔，他可是我们那川的大才子。"

"谢谢张叔叔……"吉祥把书捧在手里，心里暗暗高兴。这本书他曾经在老师那儿翻过两页，里面那段著名的"人的一生应当这样度过……"的格言，就贴在教室后面的墙报上面，大家都会背诵。

"知道列宁吗？"张尚问吉祥。

"当然知道呀，弗拉基米尔·列宁同志。"吉祥学着电影里的称呼。

"知道列宁最喜欢的小说吗？"

"不知道——"吉祥摇摇头。

"那本书叫作《怎么办？》，是车尔尼雪夫斯基写的。里面有个主人公叫拉赫美托夫。"张尚目光炯炯有神地说。

"钢铁是怎样炼成的？看看《怎么办？》里的拉赫美托夫就明白了。他为了锻炼自己，把钉子倒着钉在床板上，做成钉子床睡了上去。第二天早晨女房东看他没有起床就去叫他，隔着窗子一看，床前有好多血，女房东大叫，不好了，有人自杀了……拉赫美托夫镇静地从床上爬起来说：'都说沙皇的刑罚厉害，我试了试也没有什么了不起……'"

拉赫美托夫的名字一下子就被吉祥记住了。他觉得他受到了鼓舞。张尚又说："拉赫美托夫为了锻炼身体，基本不喝水，他吃一大片火腿只喝一小杯水。"

"喝水怎么啦？"吉祥问。

"拉赫美托夫认为，吃干的身体长肌肉，喝许多水就会虚胖。"

从那天开始，吉祥在吃饭的时候，就尽量少喝水。以前他放学回家，拿起桌上的凉白开水壶能"咕嘟嘟"地喝一半，现在刚喝一口，心里就开始提醒自己，顶多再喝一口。

母亲问他是不是在学校喝了水。他就说："多喝水会长成胖子。"母亲说："别听人瞎说，渴了就喝，那是身体需要……"

母亲哪里懂得拉赫美托夫的志向！

钢铁是怎样炼成的？拉赫美托夫、保尔·柯察金就是榜样，他们的名字就这样激励着吉祥。

那一天，张尚临走的时候还对吉祥说："不用谢，将来等你考上大学，叔叔还会送你礼物的。"

张尚怎么会成了右派呢？他是那样崇拜拉赫美托夫，那样崇拜保尔·柯察金……

其实吉祥并不了解右派是怎么回事，他只是初一的学生。政治课上，老师说过：右派就是资产阶级反动派。至于详细情况他们似乎也无须知道。在上学过程中，吉祥只看见过一张大字报。那是刚刚踏入中学校门的日子。

他们的教室是一间靠东的耳房，出了教室的门往外走几步就是前排房子大厅的背面，那堵墙显得很高大。有一天吉祥看见在大墙上贴着一张大字报，标题是："王校长的自行车为什么不放到车棚里？"。

这张大字报大家都能明白。为了校园整洁干净，所有的自行车都要放到存车处，王校长的自行车却总放在他办公室的外面。

这也算是给校长提意见吧……

吉祥只见过王校长一面，那是在开学典礼上，王校长给大家讲话。他说贝府中学有许多值得骄傲的地方，历史悠久、人才辈出；他还说学校的乐队，学校的足球；他也说到了青年人要奋发向上。最后他引用奥斯特洛夫斯基的名言：

"人最宝贵的是生命，生命每个人只有一次。人的一生应当这样度过：当回忆往事的时候，他不会因为虚度年华而悔恨，也不会因为碌碌无为而羞愧；在临死的时候，他能够说：我的整个生命和全部精力，都已经献给了世界上最壮丽的事业——为人类的解放而斗争。"

吉祥这一年，听了许多次这段名言，每次聆听，他都觉得热血沸腾。

王校长身材高大，有些发胖，戴一副眼镜，讲话微微带些南方口音，一看就是大干部的模样。相比之下，张尚就普通多了。张尚说这段话的时候，坐在吉祥的身边，充满感情。王校长说这段话的时候始终把手放在胸口，就像在舞台上朗诵。

吉祥只在操场上见过王校长，更没有见过校长的自行车，也不知道他的自行车放到车棚里没有。没准儿他还没有看到大字报呢……

黑板报近日新闻

1957年10月4日，苏联成功发射世界第一颗人造地球卫星。

第四章

芳草萋萋

就像每个家庭，大人的争吵总不愿意让孩子们看见和知道。学校正经贴大字报的地方是不让学生们看见的，右派怎么产生，怎么被揪出来，都是在王府中路的一个小院里进行。学生基本是见不着的。

吉祥只是影影绰绰地听住校的同学说，有几个老师被划成了右派。有位男老师姓谢，他本是高中的老师，只是给吉祥的班代过一个星期的课，给大家留下很深的印象。

谢老师是大高个儿，长方脸上戴一副黑边眼镜。他很有学问也很有激情。吉祥尤其记得他在讲述崔颢写的《黄鹤楼》时非常陶醉。他先把诗诵读了一遍：

> 昔人已乘黄鹤去，此地空余黄鹤楼。
>
> 黄鹤一去不复返，白云千载空悠悠。
>
> 晴川历历汉阳树，芳草萋萋鹦鹉洲。

日暮乡关何处是？烟波江上使人愁。

然后又把李白对这首诗的赞美说了一遍：

眼前有景道不得，崔颢题诗在上头。

"晴川历历汉阳树，芳草萋萋鹦鹉洲。"从此以后，谢老师举例说对仗工稳的时候，总喜欢说这两句。每次一说，他便将右手举在空中，手指弯成螳螂前腿的模样，前后一掇一掇地和空气较劲，一面充满节奏地说："晴川历历汉阳树……"说的时候，他的手指就像掇在汉阳树上一般，好似啄木鸟在啄树；眼镜片后面的眼睛又大又亮，仿佛突出来一样；脑袋微微晃动着，脸上泛着虔诚的光彩。

谢老师的课非常有感染力，说不清是为什么，吉祥从那时候就爱上了语文课。他到图书馆借了一本《唐诗三百首》，他决心把三百首唐诗都给背下来。

吉祥的三百首诗迟迟没有背下来，却听说谢老师已经离开了学校。

吉祥想，谢老师肯定在他们学生不知道的地方犯了什么错吧。

学校的植物园里来了两位新"老师"。同学们口口相传，这两个人都是右派。老一点儿的态度比较好，那个年轻的还不服气……那个年轻的是个大学二年级的学生。

吉祥想，看来这又是两个犯了错误的人，后来吉祥每次看到植物园那两个男人拾掇花木时，就不由得偷偷多看两眼。年轻的右派个子不高，留着"一边倒"，除了紧抿着的嘴唇，还有几分清秀……他真的很年轻，简直和高三的学生一样。

有一天上午第四节上实验课，大家都带了本子和钢笔来到植物园旁边的实验室。植物老师是个戴着金丝边眼镜、烫着飞机头的瘦高女老师。因为她的眉毛画得很高很惹眼，同学们私下里叫她"画眉"。不过"画眉"老师很有学问也很认真。那天的植物课，在生物实验室里讲植物的嫁接。那位年轻的"老师"在教室后面打杂。

"画眉"老师说："嫁接最主要的是砧木和接穗。"

黑板上出现了"砧木"和"接穗"两个名词。这两个名词是吉祥从未听说过的新词。

"我们要把两个植物嫁接起来，上面的枝或者芽就叫接穗。下面的树枝或者树干就是砧木。今天我们的实验就是把仙人掌和仙人球嫁接起来。"

今天的课吉祥很感兴趣，他觉得很新鲜。自家院里有那么多花草树木，他很想感受下嫁接的魅力。

实验桌上摆着刮胡子用的薄刀片、酒精、酒精灯和火柴，还有镊子、清洁的纸巾、塑料袋和橡胶手套。

"画眉"老师的话大家都明白了，就是把仙人球用刀片切出个横面，再用刀片把仙人掌上面切出个横面。把两个横断面对接在一起，然后固定起来就完成了。

"下面我们请实验员给大家发材料。""画眉"老师说。

同学们的目光一起转向年轻的老师，现在他的手里端着一个大笸箩，笸箩里放的是仙人掌和仙人球。只见他挨着排走到每一张桌前，挨个儿放下一个仙人球和一截仙人掌。

吉祥有点儿奇怪，"画眉"老师在称呼"实验员"这三个字的时候，没名没姓，听着有些不够客气。

不远的地方有人高声嚷了起来。那是同学郭万成的声音："我不要这个，你给我换一个。"

郭万成是个高个子的家伙，嗓子不错，开学的时候他在迎新会上朗诵过一首诗。

年轻的实验员从笸箩里又拿出一个仙人球放到郭万成面前。

"你成心的是吧？这个比刚才的还蔫儿。"郭万成声音很大，生怕别人听不见。

年轻的实验员绷着脸看着郭万成，既不说话也不动。

"我告诉你，你老实点儿！"郭万成又说。

他的这句话一出口，吉祥就开始反感了。郭万成的这句话有点儿欺负人，让别人"老实点儿"是一种欺负人的口气。

"画眉"老师几步走到他们跟前，对郭万成说："这位老师姓范——范老师——"

"什么老师！右派——"郭万成大声说。

"画眉"老师说："郭万成，有事说事！你这样说话我不赞成……"她欲言又止。吉祥看见年轻老师的嘴角抽动了两下。

整个教室立刻安静下来。

有几个同学专注地看着发生争执的地方，有一多半的同学似乎还不清楚刚才发生了什么事情。

"画眉"老师从笸箩里拿出个仙人球放到郭万成的桌上。

范老师继续发仙人掌。吉祥很想对他说句安慰的话，可一时间又想不出来说什么。年轻的范老师脚步变得很快，不一会儿就发到了吉祥的桌上。吉祥注意到他的口袋里还有一本书，露出来半截。封面上是三个美术字：怎么办？

吉祥吃了一惊：这是不是就是张尚说的那本书？

下课的时候，"画眉"老师嘱咐大家把嫁接好的成品带回家仔细观察，一个星期后写出实验报告，还要把桌上的垃圾带到门口，扔到盆里去。

吉祥带着垃圾走出门的时候，看见范老师低着头站在门口，他的旁边有一个脸盆放在一个方凳上。

许多同学把垃圾扔到了盆里。吉祥走到跟前的时候说："范老师，垃圾是扔到这个盆里吗？"

范老师抬起头，看看吉祥，露出一丝丝苦笑，然后点点头。

吉祥慢慢走出实验室的门，走了几步，他又回头张望了一下，范老师已经不在了。

黑板报近日新闻

1957年10月15日，武汉长江大桥顺利通车；

1957年10月31日，美籍华裔物理学家李政道、杨振宁因提出弱相互作用中宇称不守恒理论，获得诺贝尔物理学奖。

第五章

乌鸦与麻雀

姐姐跟着姐夫去了大同。父亲在北京郊区顺义的工厂工作。哥哥也去了工厂。家里一下子变得冷清起来。

听姐夫说，张尚去了农村劳动。吉祥从此再也没有见过他。

初冬的时候，吉祥到西直门火车站去送母亲到大同。姐姐刚走两个月，母亲不放心。那是吉祥第一次去火车站。他发现火车站的气氛是让人伤感的。

他看着母亲的背影走上车的一瞬间，有人忽然吹起了哨子——那是火车将要开动的信号。他的心好像被揪了一下。吉祥觉得这个哨声与自己平时吹的完全不一样。这个哨声里面包含了别离和凄凉。他年龄小，从来没有离开过母亲，心里很想哭，泪水含在眼窝里，却不肯落下来。站台的工作人员举起了绿色的小旗……

火车的汽笛响了，吉祥的眼泪终于流了下来！火车的汽笛呀，你干吗要把声音拉得那么悠长呀？

1958年春天，政府发出"消灭四害"的号召。"四害"包括蚊子、苍蝇、老鼠和麻雀。

市政府下了指示：从5月18日起，大战三天，……男女老少，一齐上阵，白天加上夜晚，用"轰、打、毒、掏"的综合战术，给麻雀以歼灭性的打击。

吉祥他们年龄小，基本是看热闹的观众。那时候的北京几乎没有什么楼房，吉祥上学或放学的路上抬头就能看见大人们站在房顶上，不时挥舞着竹竿和彩旗，有的地方还预备了鞭炮。有的人拿着铜锣、搪瓷脸盆和铁簸箕。只要见到飞过的麻雀就弄出声响，不让麻雀降落，逼得麻雀继续飞。不给麻雀以喘息的机会，让它们累死、饿死。在弄出声响吓唬麻雀的工具中，哨子也是功不可没的。

那几天吉祥每天都把哨子挂在脖子上，一旦遇到麻雀，也好吹上一吹。

有了这样的景象，整个北京城都显得十分热闹。政府和民众还组织火枪队和气枪队分布市郊防线，阻击围歼。吉祥"玩过"气枪，知道每支气枪一次只能发出一个绿豆大小的铅弹。火枪就厉害了，听说火枪可以发出一片铁砂，一般射程中的麻雀是必死无疑的。有时候能在街上看着有人神气活现肩挎着一串死麻雀，基本就是火枪手的战果无疑。

同学们上学都带着苍蝇拍，下课的时候，右手拿着苍蝇拍，左手拿着个空墨水瓶。那几天去厕所打苍蝇的同学比上厕所的人还多。打死的苍蝇和蚊子都要捡到墨水瓶里，放学的时候向小组长报告看今天打死了多少苍蝇和蚊子。学校和街道居委会都要随时统计上报，对贡献大的还要奖励。

一天下午放学的时候，吉祥路过郭万成的座位。郭万成负责他们那个小组的登记任务。每个同学一天汇报两次。早晨汇报一次，那是在家里打的。晚上放学的时候汇报一次，那是白天在学校打的。他看见郭万成的名下赫然写着：家里100、学校90……

吉祥这个小组的数字都是个位数，五六个，七八个……

"郭万成这不是吹牛吗？他们家难道住在厕所里？"王夏说。孙老师也发现了这个问题。但是他很客气地在班上说："同学们这两天的积极性很高，但是我们要实事求是……"

第二天早自习的时候，郭万成带来一幅宣传画，画面中一个戴着红领巾的女学生正在用苍蝇拍拍苍蝇。下方写着一行字：人人动手，消灭苍蝇。郭万成也不管同学们正在上早自习，就站在课桌上往墙上贴。班长赵中华说："郭万成，咱们是男校，你怎么买一幅女学生的画呀？"

郭万成说："书店里的画都是女的，没有男的，我只好买了这幅。"

"往墙上贴宣传画，孙老师同意了吗？"赵中华又问。

"那怎么会不同意？"郭万成一副当家做主的样子。上午第三节课是孙老师的政治课。孙老师看到了墙上的宣传画，果然表扬了郭万成。

第二天，吉祥进到教室的时候，愣住了。他看见昨天那幅打苍蝇的宣传画旁边又多了一幅宣传画。这幅宣传画上画的是个男学生，也在打苍蝇。画下面也写着：人人动手，消灭苍蝇。

孙老师看到这幅画，哈哈笑了起来。他认真地一字一句地说："榜样的力量，榜样的力量。"说着，还转身把"人人动手，消灭苍蝇"这几个字写到黑板上，然后问："这是谁贴上去的呀？"

王夏边举手边站了起来："老师，是我！这花的钱，班费能出吗？一毛五分钱。"

孙老师笑着说："下课的时候，班委会讨论一下。"孙老师接着说："我首先要肯定大家的热情，但是教室的墙上也不能都是苍蝇拍，对吧？我的意见是再贴几天就摘下来。赵中华，你是班长，你来决定什么时候摘。"

第二天正好是吉祥他们组做值日。两幅很新的画被摘了下来。在一旁等着的郭万成有些气愤地说："太浪费了，太浪费了。我就是贴我们家墙上，也不留给你们包书皮……"

相比打死苍蝇和蚊子，打死老鼠和麻雀就是有大贡献了。但是空口无凭，要有实物为证。可要是报告的时候，带着麻雀和老鼠来，既不方便也不卫生。于是学校规定，老鼠以尾巴为证——交一条尾巴算一只老鼠，交两个麻雀爪子算一只麻雀。

有一天，孙老师气愤地对同学们说："有些人的觉悟很低，低到可笑甚至无耻的地步。他们弄虚作假，把一条老鼠尾巴断成两条来报，甚至用萝卜须子冒充老鼠尾巴。"

同学们都很气愤，忍不住问："哪个班的?"

孙老师说："哪个班的不重要！我们要谴责这种现象。"

王夏笑起来："用萝卜须子冒充老鼠尾巴，这个萝卜难道是黑色的吗？你们见过黑萝卜吗?"

大家都笑了。

吉祥想起老鼠就觉得恶心。王夏居然还琢磨得那么细致。他觉得麻雀挺可怜的，上报成绩的时候，还要爪子。他要真的抓了麻雀，就整个上交。

听大人们说，抓麻雀最省事的办法就是夜间行动。夜幕降临，背个梯子，爬到树杈、墙角、屋檐下的麻雀窝前，打开手电筒照在窝上，里面的麻雀既不飞也不叫，老老实实地被人掏出来。听说掏麻雀窝消灭的麻雀数量在消灭麻雀的总数量中占有很大的比例。

有一天孙老师给班上同学读《人民日报》，其中的一篇报道说，北京市在一天的突击行动中，累死、毒死、打死的麻雀就有八万多只。

同学们听着这些消息，看着街上的热闹，都为没能在消灭麻雀这个既有意义又好玩的事情上做出贡献而感到遗憾。

那时节的天上不见了麻雀，也没有了老鹰，更没有了乌鸦和喜鹊。养鸽子的人也知趣地把鸽子关进了笼子里。

吉祥家院子靠南墙的地方有个小土坡，上面搭了鸡窝，养了十来只白色的来杭鸡。它们现在被关在铁叶子和铁丝编成的笼子里，整日关着，没有放风的机会，以免被消灭麻雀的队伍误伤。

有一天，吉祥放学回家，刚一进院门就听见那些鸡在"咯咯咯"地叫，听动静，像是受到了惊吓。他急忙上前查看。

吉祥被眼前的景象吓了一跳。一只黑的像鸡一样的东西头钻在笼子的网眼里，大部分身子还在笼子外面，进不能进，出不能出，死命地挣扎着。笼子里的鸡就是被这个景象吓得乱叫。

吉祥走上前，用手握住这只"鸡"和铁丝接触的部分往外拽，果然有些吃力。因为往里钻的时候羽毛是顺的，往外拽，羽毛就是倒着的。吉祥不敢再用力，就试着用左手把铁丝往外扒了扒，又试了试，这只"鸡"被拔了出来。握在手里一看，原来是一只乌鸦！

吉祥不是很胆小的人，但他不愿意和动物的眼睛对视。再小的动物，当它和你直面相对的时候，你都会有种心惊的感觉。和一只狗对视，和一只猫对视，和一只乌鸦对视，尽管它的眼睛很小，但里面的光似乎深不可测。现在，吉祥在那对漆黑的眼睛里看到的是恐惧和敌对。

吉祥的手不由得松开了，可是乌鸦没有飞，步履蹒跚地自转了一圈以后，一只翅膀耷拉下来。

吉祥上前把它抱在胸前，带到屋里。

母亲正在纳鞋底，看见吉祥进来，问："抱的什么呀？"

"乌鸦——"

"你打伤的？"

吉祥摇摇头："它钻到鸡笼被卡住了。你说它不是傻吗？"

"可能是外面打麻雀，被吓得……"

母亲站起身，从茶几上拿来红药水。吉祥把乌鸦的翅膀撩开。

母亲看着吉祥胸前来回晃荡的哨子说："你整天戴着个哨子干吗？"

吉祥把哨子摘下放到茶几上。

母亲为乌鸦涂上了红药水。

不知道为什么，药刚一涂完，乌鸦就变得躁动不安。母亲说，可能伤得不重，你把它放在走廊上，能飞就飞吧。

吉祥把乌鸦放在走廊上。

乌鸦安静了一些，大约有半个小时的工夫，到吃晚饭的时候，吉祥发现乌鸦不见了。

吉祥回到屋里对母亲说："乌鸦不见了。"

“能自己飞了就好。”母亲说。

就在这时候，吉祥发现放在茶几上的哨子没有了，就问母亲：“您看见我的哨子了吗？”

母亲抬起头：“你不是放在茶几上了吗？”

“是呀。怎么就没有了呢？”

“不会是乌鸦叼走了吧？”母亲说。

“怎么可能呢？”吉祥说。

从那天以后，吉祥就再也没有见到过这只哨子，当然也没有再遇到过那只乌鸦。

黑板报近日新闻

1958年1月13日，九千多名科学家要求签订禁止核武器的国际协定；

1958年2月3日，《人民日报》发表社论《鼓足干劲，力争上游!》；

1958年5月1日，人民英雄纪念碑揭幕典礼仪式在天安门广场隆重举行。

第六章

刘爷爷来了

和刘春来生活在一起的日子，吉祥总听他时不时地说起他的爷爷。"想我爷爷啊！"春来经常感叹。

刘爷爷终于来了，住进了吉祥家里。

刘爷爷很瘦，穿一身黑裤褂，黑带子扎着裤脚，就像个练武之人。他的嘴边有两撇小胡子，还拿着一个水烟袋。别看是乡下来的，可是一点儿也不显得土气。

听说刘爷爷也有木匠的手艺。别看刘大叔那么厉害，可是当着刘爷爷的面，他一句话都不说，只是不停地给刘爷爷端茶续水。聊了一会儿天，刘爷爷忽然对吉祥和春来说："你和春来一个人说一个关于木匠的成语，说一个奖励五分钱。"

五分钱可不少呀，三分钱就可以买一个带芝麻的烧饼，两分钱就可以喝一碗豆汁。

"为了公平，一人先说一个，另一个人接着说。"刘爷爷又补充道。

"巧夺天工。"吉祥说。

"能工巧匠。"春来说。

"雕梁画栋。"吉祥说。

"慢工出细活。"春来说。

吉祥有点儿想不起来了，突然说了一句老北京的土话："鲁班门前玩锛子。"

刘爷爷没有听明白："鲁班什么?"

春来接着说："班门弄斧。"

"好好! 都不错，你们谁还能再说一个?"

吉祥再也说不出来了。春来说："鬼斧神工。"

刘爷爷从衣兜里掏出几张纸钞票，给了吉祥一毛五分，给了春来两毛。

"就是偏向自己的孙子。"吉祥暗暗想着。

刘大叔在一边坐不住了，连忙从兜里掏出一毛钱，递到吉祥手里。刘爷爷在一旁阻止刘大叔："不在钱多少，奖惩分明才能服人。"

那一刻，大家都觉得刘爷爷说的话、做的事还真让人无话可说。

刘爷爷是个非常爱玩的人，星期天他让吉祥带他去逛街。

"您想去哪儿？"

"逛北海吧！"

"好啊！咱们到胡同口坐公共汽车。"

"我想走着去，一路看看城里的街景。成吗？"

吉祥说："我上学走到学校，再一拐弯就是北海后门。"

刘爷爷站起身："好，我就跟着咱们吉祥上一次学。"

"春来怎么不去？"

"今天他要帮他爸爸做点儿事情。就咱爷俩，怎么样？"

"成！您的身体顶得住吗？"

刘爷爷忽然做了一个骑马蹲裆紧接右手出拳的动作。吉祥很高兴，刘爷爷就像个老小孩儿。

吉祥领着刘爷爷出了胡同东口。

"一路走，你一路给爷爷介绍好吗？"刘爷爷说。

"好，我就当向导……"

出了胡同东口就是赵登禹路。

吉祥介绍说："赵登禹是抗日战争中为国捐躯的将领，牺牲时年仅三十九岁。"刘爷爷点点头。

走一段赵登禹路，拐进宝禅寺胡同。宝禅寺胡同虽然不算太长，但却有几座古建筑群。其中首屈一指的是位于胡同中间路北的宝禅寺。宝禅寺建于元代，清代重修过。吉祥上小学的时候，还见过这所寺院，后来这里变成了"北京照明器材厂"。

再往前，就是几乎占据了宝禅寺胡同三分之一地盘的魁公府。魁公府院落非常大，现在被隔成几个部分，吉祥曾经到那里找过同学，那院子很是幽静和美丽。

他们路过一个紧闭着的大门，大门上有副对联：忠厚传家久，诗书继世长。

吉祥对刘爷爷说："听说，彭德怀元帅曾住在这里，也不知是真是假。"

出了宝禅寺胡同，正对的就是护国寺大街，街面立刻显得热闹起来。路口西北角是白雪照相馆和一家书店，东北角是"妇女商店"。妇女商店是一家统合商店，以经营副食品为主。吉祥告诉刘爷爷：妇女商店这个名称很有意思，意思是妇女走出家门参加工作，不再"围着锅台转"了。

过了街口，再往东走，路北就是护国寺，这条大街以它为名。和护国寺山门相对的是刚刚落成的人民剧场。那是专门为表演京剧建立的剧场。在北京老百姓心目中，除了地处王府井的首都剧场，这个剧场就是最好的了。听说是演京剧的地方，刘爷爷非让吉祥带他到售票处去。

一位女售票员问："老先生，您买哪天的票?"

"有金少山的戏吗?"

售票员一愣说："金先生已经过世了。"

刘爷爷一拍脑门说："对不住，是我忘了。老啦——"

"老先生，现在上演的是《雏凤凌空》，孙岳、杨秋玲主演的。挺不错的。"

"现在能看吗?"

"晚上才能看。"

看着刘爷爷犹豫的样子，吉祥拉着他走到街上。刘爷爷说："金少山，我年轻的时候在济南看过他的戏，开头出来一个大花脸，高大威猛，嗓子也好，我觉得这就是金少山吧。没有想到又出来第二个大花脸，虎背熊腰，嗓子更好。我使劲拍巴掌。旁边的人告诉我，这不是金少山。第三个大花脸出来了，走到台中央，刚一开口我就觉得屋顶发颤，声音震得顶棚掉土。不用人告诉我——这才是金少山呀!"

吉祥发现刘爷爷已经完全沉浸在金少山的世界里了。

刘爷爷说："你知道金少山是怎么死的吗?"

吉祥摇摇头。

"死在抽大烟上了——可惜了呀——"

"刘爷爷，前面就到梅兰芳的家了。"

刘爷爷眼睛一亮，脚步也加快了："你见过梅兰芳吗？"刘爷爷又回到了现实世界。

吉祥摇摇头。

梅兰芳先生吉祥没见过，他的儿子梅葆玖大家倒经常遇见。他很年轻。吉祥上学路上经常看到他骑一辆带反光镜的机动自行车。那时候家里有自行车已经是不错的了，他那辆车更是显眼，给吉祥留下的印象特别深。

再往东走与护国寺大街相连是定阜大街，经过两个部队单位的大门，是一座非常漂亮又庄重肃雅的中西合璧的建筑，那就是原来的辅仁大学，现在是北京师范大学的东校区，只有化学系和生物系在这里。上学的路上吉祥能看见大学生从街对面的操场和宿舍朝这边的教学楼走来。吉祥经常停下脚步，羡慕地看着他们：啊！这就是大学生呀！

过了师范大学是有名的恭王府，恭王府的大门永远是紧闭着，也不知道里面住着什么人物。沿着恭王府的外墙一直往北走就是吉祥的学校贝府中学。它就坐落在北师大的后面，原来是清朝的涛贝勒府。

吉祥没有往学校走，他领着刘爷爷右转弯朝南走去，左手这边是什刹海，右手那边是蒙古驻华大使馆。吉祥带着刘爷爷进了北海后门，沿着湖面一直走到五龙亭。刘爷爷眼睛不够用了。他说："你们这些孩子有福气呀！在这盘龙聚凤的地方上学，不想成绩好都不容易呀……"

从五龙亭走到盘云殿，从上午逛到中午，最后刘爷爷说请吉祥在一家大饭馆吃午饭。

刘爷爷看着菜单点了两个素菜一个肉菜，肉菜的名字是红烧香骨。

等到端上来一看，这香骨既不是腔骨也不是排骨，更不是大棒骨，好像是猪蹄上的肉被啃光了放在盘子里。骨头小小的，上面也没有什么肉，居然还是红烧的。闻起来味道不错，可是等把人肚子里的馋虫勾出来，后面就什么也没有了。

吉祥觉得刘爷爷有点儿抠门，请吃肉结果只有光骨头。

吃完饭，刘爷爷对服务员说："这个红烧骨头你给我装个袋子，我带走。"

服务员很纳闷："老先生，这上面一点儿肉都没有了，您还带它干什么？"

刘爷爷说："如果不带走，我怕你们再红烧一下给下面的客人接着吃。"

出了饭馆的门，刘爷爷把袋子扔到脏土箱里，又领着吉祥来到西四小吃店给吉祥要了一碗卤煮火烧，说："没有吃饱吧。吃吧，不够再来一碗！"

那天的事情吉祥总也忘不了。

黑板报近日新闻

1958年9月2日，中央电视台正式开播。

第七章

和平鸽

贝府中学离长安街比较近，于是就担负了许多天安门游行和迎接外宾的任务。

比如，在节日的时候，吉祥曾经在天安门广场的最南面组过字。那要很早起床到学校，排队步行到天安门集合。在游行队伍还没有开始的时候就在指定位置坐下。每个人发两束可以折叠的纸花，一束是黄的，一束是红的。听领队的口令，让举什么颜色的花就举什么花。这样就可以组成不同的字。从天安门城楼或者观礼台上居高临下，就可以看到"国庆""祖国万岁"等字样。在游行队伍行进的时候，也能近距离地看热闹。当整个游行队伍走完的时候，大家欢呼着一起拥向天安门。

在中学的六年，每年的五一、十一，贝府中学几乎都有在天安门参加欢庆的任务。有一年，学校担任了国庆典礼少先队方阵中放飞和平鸽的任务。

能在天安门的游行队伍里放鸽子，让许多人羡慕，也是吉祥和同学们盼望许久的事情。尤其是男生，会觉得又光荣又好玩。

光荣是光荣，练队可是很辛苦的。因为经过天安门的时候，一横排队伍有近一百个人，这么长的队伍要走整齐可不是一件容易的事情。

于是在正式游行之前，最重要的工作就是练队。大部分练队时间是半天，有时候是一整天。有时候，要到临近的男四中的操场练队。

到四中集合练队的第一天，全场集合的时候，吉祥听见了一个熟悉的哨声。他有些惊讶——总觉得这哨声在哪里听到过。

队列走近司令台的时候，吉祥惊讶地发现这次练队的总指挥居然是他的小学体育老师钟老师。在小学的时候，大家就非常喜欢钟老师，他不但长得帅，而且在双杠上的体操动作也让大家赞叹不已。

中间休息的时候，吉祥找到了钟老师。钟老师也还记得他。吉祥告诉钟老师，他是听见熟悉的哨声然后找到钟老师的。

钟老师很惊讶地说:"不同的人吹的哨子声音难道不一样吗?"

"可能吧,我刚听见您的哨声就觉得很熟悉。"

"要不是现在不能乱吹,怕同学们误会,咱们真可以试试。"钟老师说。

吉祥也说:"就是啊。找机会一定要试试。"

只可惜,钟老师太忙,总没有找到机会。

因为老是下午两点钟开始在操场上练队,吉祥经常练到看见火烧云出来,染红了西面的天空。

训练的时候,当然不会发给大家真的鸽子。每个人手里拿着一块手帕,里面包着一块毛巾或者一顶帽子,假装里面是一只鸽子。把手帕打一个活结在小拇指上,小拇指一抬,鸽子就飞出去了。除了走得齐,还要配合步伐队列反复训练放飞动作。

王夏就在吉祥的身边,他的手绢里总是包着一本书。他说练队休息的时候可以看看书。

10月1日那天,吉祥到学校集合。天边只是微微有些亮条纹,周围还有些昏暗。等贝府中学的队伍在天安门广场东侧集合的时候,天已经很亮堂了。有些同学打起了哈欠,可能是起得太早的缘故。不过当大家看到北侧的马路牙子上一排排鸽笼的时候，又兴奋起来。

队伍不能乱，上厕所要举手请假。许多同学就在上厕所的路上好好看看那些将要飞上天空的精灵。

太阳升起的时刻，一只只白色的或灰色的鸽子终于发到大家手里。吉祥领到一只白色的、双翅有些褐色的楼鸽。临近看，鸽子的眼睛都显得很大，眼底是红红的，很有神，眼珠就像玻璃扣子镶嵌在眼窝里。吉祥的哥哥养过鸽子，所以吉祥一把将鸽子握在手里，就像是老熟人一般。

同学们既高兴又紧张，手里的鸽子就像一个新奇而又熟悉的伙伴，它们的头有弹性地晃动着，也好奇地看着周围：啊！怎么这么多人呀？

熟悉的哨声响了起来。吉祥抬头一看，只见钟老师正在朝大家招手。他是这个方队的总指挥。他的哨声告诉大家，这是最后一次整队了，马上就要出发经过广场了。

可惜，他辛苦了这么长时间，却只能看着大家经过天安门。钟老师凝视着队伍，他胸前的哨子还在微微摆动着。

广场的喇叭里响起了大家熟悉的音乐。少先队方阵开始走向天安门，吉祥也情不自禁地跟着音乐唱起来：

我们的旗帜火一样红，星星和火把指明前程，和平的风吹动了旗帜，招呼我们走向幸福的人生……

一只和平鸽造型的红气球升起来了，这是告诉大家放飞鸽子的信号。顿时间，无数的鸽子在大家身边腾空而起。吉祥也把鸽子举了起来，右手拉开手绢上的活结。可爱的小鸽子飞了起来。

可吉祥万万没有想到，这只鸽子可能是因为年龄太小，或是手绢绑得时间太久，它刚一飞起，居然落到前面的方阵里。吉祥心头一惊，心中不住地祈祷：前面的同学呀，你们可千万别踩到鸽子呀！

王夏安慰吉祥："挽着我的手，眼睛盯着地面，有希望！"

吉祥照常往前行走着，眼睛却紧紧盯着鸽子落下的地方。大约几秒钟的时间，吉祥走到了鸽子落地的地方，不由得喜出望外——那只鸽子居然就站在地上。吉祥不敢弯腰。他用脚像铲球一样，铲了鸽子一下。

奇迹发生了，鸽子突然展开翅膀，扑棱着越过人的头顶，然后箭一样地飞向空中，加入到飞翔的鸽群中。吉祥心中一阵高兴，眼睛紧紧盯着它。

"再飞得高一点儿，就不会被其他的鸽子碰到了。"吉祥暗暗替鸽子加油。

那只鸽子在放鸽子的方阵上转了一圈，然后飞向了天安门。

后来，教物理的陈老师对吉祥说："这些鸽子都是有自己主人的，它们要飞回家。它们辨别方向主要靠磁场。在空中转一圈可能就是在寻找回家的方向。

吉祥一直都想试试在众多的哨音里，他能不能分辨出钟老师的哨音。可惜再没有见到钟老师。

有一天，学校的大队辅导员赵老师找到吉祥问："你是叫吉祥吗？"

"是我！"

"你这个名字听着就有福气。"

吉祥笑笑。

"你认识钟老师吗？就是指挥我们国庆练队的钟老师。"

吉祥连连点头："认识，他还是我小学的体育老师。"

"他让我给你带来一样礼物。"

吉祥惊讶地看着辅导员从上衣兜里掏出个信封，抖出个东西放在他的手里。

那是一只哨子 —— 一只红褐色的电木哨子！

吉祥不由得把哨子放到嘴上吹起来：钟老师，你一定可以听见！

第八章

三个茄子

1958年的深秋，天气已经有些凉了。早晨从屋里出来，就忍不住把两只手搓一搓。吉祥和全班同学一起，来到北京昌平的乡下，老师告诉大家，他们这次的任务是帮助人民公社进行秋收。

吉祥第一次到乡下干活儿，也第一次知道了累是什么滋味。

每天天不亮就有人在窗外吹哨子催大家起床。那些日子里，吉祥一听哨子声就紧张。

他们住在一间土房里，迎门有个土炕，吉祥和钟亚曾他们六个男生同住这个大炕。靠门口的地方有个铁水桶，里面的水也是同学们从井里打来的。

晚上他们把铁水桶放在门里面，旁边地上摆着六个脸盆。那时候到乡下劳动，脸盆是必须要带的"标配"，里面放着水碗和牙刷。早晨起床以后在铁水桶里取了水就可以刷牙洗脸。

天刚蒙蒙亮大家就起床了。吃过早饭就干活儿，开始收玉米。每个同学发了一个荆条编成的筐，有的同学拎着，有的背着。

领队的老师吹了一声哨子，大家安静了。老师说："今天我们来个竞赛。收玉米的时候，每人收两田垄，把掰下来的玉米装在自己带的筐里。装满筐就送到地头，然后再回来接着收，直到收到地头为止。大家听清了没有？"

"听清了——"大家一起回答。

"嘟——"随着哨声响起，大家都奔进地里。吉祥也不怠慢，和钟亚曾并肩前进。玉米带着皮长在玉米秆上，颜色和秆子差不多。首先要找到玉米才行，可是速度一快，吉祥眼睛就不够使了。老师把任务说得很明确，可是大家一干起来就走了样，丢三落四，许多玉米没有收完，就扔在了地里。

当地的老乡走过来看看，对老师说：丢下的太多。

于是一声哨响，大家又回到自己刚才收玉米的田垄开始返工。吉祥发现返工的过程又收到许多玉米。看来光图快真是不行呀！

除了收玉米，吉祥他们还收白薯，摘棉花。白薯和玉米不一样，它是长在土里的。收白薯的时候，前面用马拉的犁顺着垄犁，土被犁翻开了，许多埋在地下的白薯露了出来。

同学们就在后面捡。大的捡起来，好的捡起来，小一点儿的、不好看的、破成两半的就不管了，再加上没被翻出来、被土遮住的白薯就都留在了地里。最后，可能连一半儿白薯也没收回来。

摘棉花的情况就更糟糕了，没摘的时候地里是白花花的一片，摘完以后，地里变成了"花斑秃"。多可惜呀！那么多棉花还留在棉桃上。

到了晚上，带队的老师给大家讲话："老乡说，多亏了你们呀！那是人家客气，那是人家鼓励你们。你们可不要真以为人家是靠你们。我们是向老乡们学习来的。大家记住了没有？"

大家一起高喊："记住了——"

吉祥还有一次学农去的地方是海淀的四季青人民公社，在东冉村。

与上次一样，还住在老乡家里。那是个夏天，比上次学农热多了，晚上睡觉不能盖棉被了，要盖被单。其实带被单的同学不多，许多人只带了夹被子。只有钟亚曾既带了夹被子，也带了被单。钟亚曾打开被单一看，他的被单上有许多绿绿的小点点。

"你们看，这是什么?"钟亚曾叫起来。

大家都不知道这是什么。王夏走过来看看说："这是发霉了，在我们南方衣服要是不常晾晒，就会发霉。"

"怎么办?"钟亚曾捧着发霉的被单像在看地图。

"洗净晾干就好了。一定要晾干呀！只能回家再说。"王夏说。

大家长了见识，原来被单发霉和馒头发霉的斑点是一样的。

钟亚曾是个爱干净的人。晚上睡觉时他就把被单晾在一边，盖着自己的衬衣睡觉。

吉祥他们住房的前面是一条小渠，渠水很清澈。早晨起来，大家就在小渠边取水洗漱。

马二旺走到吉祥面前说："你漱完口把牙刷借我用用。"

吉祥一愣，牙刷怎么好借用，但是又不好意思拒绝。王夏走上前来说："啊！牙刷哪有借的？我没带牙刷，可我也能刷牙。"说着他伸出右手食指对吉祥说："给我点儿牙膏。"

吉祥在他手指上挤了点儿牙膏。

只见王夏把手指放到嘴里，龇着牙，手指左右翻飞，在牙上刷起来。

看着不错，马二旺也问吉祥要了点儿牙膏。

王夏刷完了，漱了漱口，很潇洒地走了。这一刻，吉祥觉得王夏这样刷牙好像比自己刷得还干净。

这次干活儿和秋收的时候可不一样，是拔茄子秧。其实那并不是茄子的秧苗，而是结过茄子的已经变老的茄子"树"，要把它们清理干净，再种别的菜。许多茄子秧都有一米来高，拔起来很费力气。吉祥生怕自己落后，非常努力，手都勒出了红印子。

茄子秧上的大茄子被摘光了，还有些小小的鸡蛋大小的茄子留在枝叶上。吉祥看见有的同学揪下来就吃，很是奇怪。因为他从小就听妈妈说，生茄子是有毒的，妈妈还说泡茄子的水是灰色的。

马二旺告诉他，没事，这种小茄子很嫩，很好吃。吉祥拿了一个，用牙啃去了茄子皮，尝了尝，还真的挺好吃。

吉祥心里有了个想法，带些这样的小嫩茄子回家，给妈妈尝尝。

这些茄子如果扔在地里，没有人说什么，吃了也没有什么，可是如果带回家，就是问题了。但吉祥还是不死心。他想了个主意，把一个小茄子从脖领子上塞到衣服里，茄子顺着身子到了腰上，然后就被皮带挡住了。一会儿的工夫，吉祥在衬衫里藏了三个小茄子。这既是负担也是希望，甚至还有些冒险的快乐。

就这样干了一天，同学们真的累了，有的同学手指上还磨出了血。同学们都有点儿想家。

回到住处，吉祥把三个小茄子放进了自己的书包，他估计两天以后，这个茄子也不会烂。

第二天干活儿的时候吉祥一直惦记着书包里的小茄子。晚上回到宿舍，吉祥一摸，觉得有点儿不大对劲。再伸手一掏，小茄子一个都没有了。

一阵笑声传过来，吉祥回头一看。马二旺和王夏，还有钟亚曾三个同学每人拿着一个茄子，一边啃一边说："茄子这东西有毒呀！咱们仁会不会死呀？"

"不能死呀，咱们还要继续学农呢。"王夏说。

吉祥又急又气，可是又不好说什么，只好说："你们等着——"

王夏笑着说："我们等着 —— 你还有茄子吗？"

吉祥真是拿他们一点儿办法也没有，也跟着笑了起来。

黑板报近日新闻

1958年10月23日，《日瓦戈医生》的作者鲍里斯·帕斯捷尔纳克获得诺贝尔文学奖。随后，鲍里斯·帕斯捷尔纳克拒绝接受该奖项。

第九章

盛会与苹果

1959 年到了，由于石油短缺，北京的公共汽车驮上了黑乎乎的一米高、几乎和汽车一样长宽的大包袱，忽忽悠悠的，那里面装的是煤气。这成为街头一景——里面的煤气就是汽车的燃料。

　　1959 年 10 月 13 日，为庆祝中国少年先锋队成立十周年，首都的少先队员在北京人民大会堂举行了隆重的纪念大会。

　　暑假还没有结束，吉祥就被通知到学校开会。到了学校，稀稀拉拉没有几个人。吉祥还以为是通知的人弄错了日子。

　　吉祥来到少先队大队部，见到了辅导员赵老师。赵老师告诉他：今年是中国少年先锋队成立十周年，学校要选些同学去人民大会堂参加庆祝活动。这次活动是人民大会堂建成后第二次使用，你们多光荣，多幸运啊！

　　吉祥很高兴，因为全班只有五个同学参加，初中二年级共有六个班，每个班去五个同学，一共才去三十个人。这次的穿戴和小学时去政协礼堂那回不一样了，没有人发衣服，全都自备，好在都是白上衣蓝裤子。要命的是必须穿白球鞋。

那时候孩子穿的鞋大都是家里给做的，就是买的也不买白鞋。道理很简单，那时候不兴穿白鞋，甚至觉得家里办丧事才穿白鞋。大部分人家里都不富裕，黑色的鞋什么时候都可以穿，白鞋穿一两次就闲在那儿，谁家有那个闲钱呀！

吉祥高兴是高兴，但是脑子里马上就转悠起向谁借白球鞋的事情来了。这次比较容易，因为不是每个同学都参加。吉祥第一个想到的就是同胡同住的宋国钧，第一哥俩好，第二宋国钧刚买了一双新的白球鞋。

吉祥快到家的时候，遇到宋国钧也刚好走进胡同，看他的脸色，兴高采烈、意气风发。一问才知道，他也要参加人民大会堂的活动。吉祥说："我也去呀！本来还想跟你借球鞋呢！"

宋国钧咧嘴一笑："咱俩都去！多好的事啊！要不我帮你借？"

"我再找别人借吧。对门老胖的哥哥有一双。"吉祥说。

宋国钧拍拍胳膊上的中队长的袖章，自豪地说："我们还要上台领奖呢——"

吉祥知道，宋国钧是少先队干部。他是三十九中的中队长。吉祥在少先队里什么干部都不是，他只是班上的卫生委员……哈！卫生委员干什么呀？就是下了课，组织同学们擦玻璃，把地上的废纸扔到字纸篓里去。

　　这些天，为这事，宋国钧格外忙。从他那里，吉祥还得到了许多消息。宋国钧和他的中队开展了"争做铁木儿中队"的活动。那时候，全国人民都学习苏联，大家看了许多苏联的书，其中有一本书的名字就叫《铁木儿和他的队伍》。这本书说的就是一个叫铁木儿的中学生和他的伙伴秘密地为别人做好事的活动。宋国钧就带着他的中队学习铁木儿，他们修桌椅，修门窗，到幼儿园帮助小朋友打扫卫生……

　　他们中队被评为北京市一百个优秀中队之一。

　　他这次就是代表他的中队参加颁奖仪式。

　　这些天胡同里的伙伴聊起这件事情，对宋国钧更是称赞有加。吉祥的邻居于秀敏居然说："瞧人家宋国钧多厉害。吉祥，你有什么成绩呀？怎么不明不白也上人民大会堂呀？"

　　她这一番话让吉祥觉得特别窝囊。

　　还有两天就要去人民大会堂了。晚上宋国钧忽然来到吉祥家，手里拿着那双白球鞋说："吉祥，我不能去人民大会堂了，也用不着这鞋了，还是你穿吧。"说着话，他表情凝重，一副要哭出来的样子。还没有等吉祥问个原委，他已经走了。白球鞋被放在了院子里的一个花盆旁边。

10月13日那天下午，吉祥和十几个同学排队从学校出来，往东长安街走，走着走着也遇到了其他学校的队伍。大家都是白上衣、蓝裤子、白球鞋。走到人民大会堂高高的台阶上，吉祥才发现那么多红领巾汇聚在这里，心中不由感叹道：就像许多小溪在汇入大江大河，千万个红领巾跨进雄伟的殿堂。

队伍稍稍走慢了，原来入口的地方在发东西。

走近了，吉祥看到每个同学领到了一个长方形的义利果子面包、一个苹果和一个鸭梨。那个时候大部分同学的家里生活都不富裕。大家很高兴也很惊讶。吉祥当时就想，自己把面包和鸭梨吃了，把苹果留给宋国钧。

走进人民大会堂，吉祥望着高高的穹顶上那颗巨大的五星，不由得感慨，周围没有架子，也没有柱子的支撑，建筑工人真的了不起呀！

会场里安静下来。

十二岁的少先队小主席，是个女同学——宣布大会开始。随着乐队的鼓号声，队员们高举二十面队旗走向主席台。接着，五十名队员集体朗诵了庆祝少先队成立十周年的诗篇：《第一个十年》。他们兴奋地朗诵：

党比父母还要亲，

抚育我们成长，

我们坚决跟着党走，

用心听党的话。

如果没有党呀，

十年来的一切都是空想！

等领导们讲完话，颁奖仪式开始了。看着那么多少先队员和他们的辅导员走上主席台领奖，吉祥不由得想：宋国钧要是来了，他一定也会上主席台的。吉祥的手不由得摸摸裤子口袋里那个红红的苹果，还白球鞋的时候顺便把苹果给宋国钧，自然点儿，不动声色……

大会的仪式结束以后，开始文艺演出。那是北京舞蹈学校演出的《海侠》片段。

这是吉祥第一次看到芭蕾舞演出。他一直在想，那些演员怎么能用脚尖跳舞呢？

回到家里，已经是晚上十点钟了。吉祥把苹果拿出来，告诉妈妈想把苹果送给宋国钧。妈妈说，不提这件事情为好，要不宋国钧心里会更难过……

"我是想安慰他呀！"

"你这是安慰他，还是刺激他呀？你换个位置想想，如果你是他，他参加了，你没参加。你希望对方拿着你想参加而参加不了的会上的苹果来送给你吗？你不心酸吗？你不难过吗？"

吉祥静静地想了一会儿。

妈妈又说："如果你遇到不让你参加会的情况，你能不着急、不上火、不难受吗？"

"不能——"吉祥摇摇头。

"人这一辈子不是一帆风顺的，你今天碰不上，没准儿明天就能遇上。这个时候，没有人能帮你。你怎么办？"

"忍着呗……"

"不光忍，要看得开，目光看长远，不要被一时一事的挫折吓唬住。一个男人不光要勇敢，还要有韧性……"

后来吉祥才知道，宋国钧没有去成人民大会堂是因为他父亲的事情。他的父亲是右派。

吉祥最终还是没有把那个苹果送给宋国钧，但他记住了妈妈的话：一个男人不光要勇敢，还要有韧性……

黑板报近日新闻

1959年4月5日，容国团获得第25届世界乒乓球锦标赛男子单打冠军；

1959年9月26日，中国发现大庆油田。

第十章

小球藻和超声波

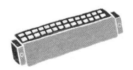

1959年，粮食开始限量了。这时吉祥已经成了一个一米七几的半大小伙子了。青年学生的粮食定量还属于比较多的。吉祥这样的中学生当时北京的粮食定量是每个月三十斤多点儿，母亲这样的家庭妇女只有二十三斤左右。那时候每个人每月只有二两油、二两肉的供应。单靠吃粮食而没有什么副食，大小伙子根本吃不饱。

　　购粮本、购货本、副食本、粮票、油票等票证比钱还要珍贵。因为你有钱也买不到食品。

　　原来吉祥是在学校入伙的，中午在学校吃一顿午饭。后来母亲说，家里人的粮食放在一起会好一些，于是吉祥就退了伙食，中午回家吃饭。那时候每到上午第三节课的时候，肚子就饿了。

　　中午回到家里已经是饥肠辘辘，炉子上烤着三个小馒头，每个馒头用生面一两，锅里有一碗白菜汤。那就是吉祥的午饭。

上学路上经过的妇女商店，开始卖高级点心和高级糖，大约要五块钱一斤。那时候一个学徒工人每个月的工资是十八块钱。普通工人的工资也就是三十块钱左右。因此，买高级点心和高级糖来度过饥饿的日子是根本不可能的。

有个流传的童谣这样唱道：高级饼干高级糖，高级老头儿上茅房，茅房没有高级灯，高级老头儿掉茅坑……

吉祥和同学们经常会听到有些传闻说，某人饿极了，闯到商店里抢东西吃，最后渴极了喝水，被活活撑死了。

对门的郭家人口多，为了吃饭家里经常吵架。郭大婶开始实行一个办法。吃饭的时候，按照每个人的粮食定量，把属于个人的粮食用秤称出来，发给本人。本人爱做什么就做什么。

有一次，吉祥和哥哥拿着空口袋来到北京农村的一块农田。气喘吁吁到达的时候，吉祥看见不到三分地的庄稼地周围站了有几十个人，大家都静静地然而眼巴巴地看着农民一家收白薯。白薯是长在地里的，收获的人怎么也会留下一些小的或者铁锄没有刨到的白薯……

农民走了，围观的人一拥而上。那天，吉祥和哥哥收获了大大小小的十来块白薯，心里别提多高兴了，可是这样的机会也是很难遇到的。

挖野菜，吃榆钱，吃槐树花也成了很难得的事情。

在困难的日子里，姐夫从大同给吉祥家弄到了一麻袋胡萝卜。

胡萝卜不是口感很好的东西，但是在那个日子里，它却帮了吉祥家的大忙。吉祥的小外甥女在那个时候出生，脸蛋还是红扑扑的，多亏了姐姐怀着她的时候能够吃到胡萝卜。

当时人们琢磨出了许多哄嘴哄肚子的办法，比如双蒸法，简单说就是把大米蒸两次，蒸出的大米饭比蒸一次要多出一半。吉祥看过报纸上刊登的双蒸法，但却没有尝试过双蒸饭。妈妈说，那都是哄嘴巴的，吃到肚子里，还是那么多米，倒是浪费火。

有一天下午，吉祥路过一间空教室的时候，看见钟亚曾和两个同班同学从里面出来，看见吉祥，他们有些躲闪。吉祥上去问他们在做什么，他们不回答，锁上门还鬼鬼祟祟地笑。这可激起了吉祥极大的好奇心。放学的时候，吉祥又问钟亚曾，他们在空屋子里干什么。

钟亚曾看看左右，神秘地说他们在研究"小球藻"！

"小球藻"，吉祥似乎听说过这个名字，脑子里一下子浮现出那种在河流湖泊中绿绿的浮萍！

吉祥问："研究这个干什么？"

钟亚曾说："指头大的一点儿，一天一夜就能长到洗脸盆那么多，要是成功了，就可以吃呀！"

吉祥兴奋地说："这是好事呀！你们干吗鬼鬼祟祟的？"

钟亚曾笑着告诉吉祥："小球藻必须用尿来培育，我们下午在那个教室里就是去撒尿。你明白了吧？这是我们第一组的集体行动，要保密的。"

吉祥明白了，不知道是觉得恶心还是什么别的原因，没有再关心这件事情。

第一组的同学研究小球藻，吉祥所在的第二组的同学也不甘落后。他们研制超声波发生器。他们组的主力就是王夏和田汉树。

当时的科普书中提到，超声波是超高频的声音，用超声波可以提高生产效率，就是用其振动产生的能量做功。报纸上报道过：

1959 年底，北京一家染料厂的工人在中科院指导下，制造出最为低廉的簧片式超声波发生器：把剃须刀片嵌在一端被砸扁的铁管里，用高压水喷入铁管使刀片高频振动，即可产生超声波。超声波能做什么呢？把它放到冷水里，三分钟，水就烧开了。把它放到洗衣盆里，三分钟，脏衣服就干净了。把超声波放到饭锅里，三分钟，饭就蒸好了。

最开始，吉祥他们第二组的几个人海阔天空地讨论。王夏还做了详细的笔记。

王夏说："我们找个橡皮管子，一头接到开水壶的嘴上，把那个水壶四周密封好了，烧开水的那个蒸汽，不就沿着管过来了吗？然后把橡皮管子接到一根铁管上，铁管的另一端砸成扁平的鸭子嘴，里头放上一个刮胡子的刀片，非常薄的废刀片。蒸汽通过废刀片的时候就产生了超声波。"

田汉树着急地说："干吗还要开水壶？太麻烦了，我们把打气筒的管子接到铁管上不就成了吗？"

大家一起拍手说好。

接下来，最重要的工作就是把一节一尺长的废旧的自来水管的一端砸成扁平的鸭子嘴。然后还要把刮胡子刀片镶在"鸭子嘴"里。那个"鸭子嘴"大了也不成，小了也不成。道理说起来很简单，做起来可是难上加难。最后还是田汉树跑到宝禅寺胡同口的一家黑白铁社，求爷爷告奶奶地让师傅帮忙把那个刮胡子刀片"夹"在被砸扁了的"鸭子嘴"当中。

回到学校，大家急不可待地找来打气筒连在铁管上，然后把铁管的"鸭子嘴"那一端放到一盆凉水中。几个同学轮流给打气管打气。大家盼望着那个刀片可以振动——产生超声波。因为物理老师告诉过大家，物体振动的频率很高时会发出超声波，超声波人的耳朵是听不到的。大家加大了打气的频率。

大家能够看到铁管子滋滋地冒着气，水里出现了一次次的细小而又强有力的小水柱。

十分钟以后，大家轮流试水温，水温几乎没有任何变化。大家不禁大失所望。

他们拿着这些"设备"去找教物理的陈老师。

陈老师说："你们都吹过口琴吗？"

大家点头。

"气流冲击簧片，我们能听见口琴发出声音。口琴的簧片越短，声音就越高，也就是说频率的高低是由簧片的大小决定的。刮胡子刀片的振动频率可能不行。不过你们在实践中学习了声学，这也是很大的收获！"

同学们拿出那张刊登着超声波发生器新闻的报纸给陈老师看。

陈老师说："我也不太明白其中的道理，还有一个理论和实践的问题吧……"

大家听着听着，发现科学课慢慢变成了政治课，而且越来越难懂。

陈老师最后说："同学们，不管怎么说，你们实践了就是收获。即便是没有做出超声波的仪器，也是有意义的。"

大家受到鼓励，看看天色已晚，就都回家了。

吉祥所在的第二组没有造成超声波，制作小球藻的第一组也没有成功。

为了节省体力，劳逸结合的口号出现了，学校开始上半天课。校长负责把仍然逗留在学校的学生"轰"回家。

吃不饱饭，似乎看电影可以补偿。影院和剧场出现了一批外国电影，吉祥和王夏就一起看过《橄榄树下无和平》《血的河流》等电影。

第十一章

柳条箱

那是一个暑假的中午，大家都在睡午觉。吉祥热得睡不着，到走廊上想吹吹风。

　　来到走廊上，映入眼帘的依然是那几只柳条箱。它们在走廊上占了很大的地方。七八个柳条箱，排成一长条，已经成为一道风景。

　　看见它们，吉祥就想起了柳树，那些春天随风摇摆的柳枝。人们把柳枝剪下来，剥去褐色的外皮，露出白生生的内茎，那是柔韧的枝条。人们把它们编成箱子盖，编成箱子底，然后在八个角上包上铁皮做的包头。存放衣物或者外出旅行，许多人用的就是这种柳条箱子。

　　眼前的柳条箱的颜色已经泛黄，铁皮锁也已经生锈了。外表自然的痕迹吉祥都已经很熟悉，可就是不知道里面放的是什么东西。

　　爸爸告诉吉祥这是李大爷寄存的，不能动。你想想，一个中学生，每天都要路过这些箱子好多次，怎么能不好奇呢？可是这是人家李大爷的东西！吉祥只好把好奇埋在心里。

可是今天，吉祥分明看见一个箱子上面的锁耷拉在那里——锁离开了箱子盖。吉祥忍不住就把箱盖打开了。他发现箱子里面全是书，有大量几何类的教科书。

吉祥猛然想到李大爷可能是中学或大学的数学老师。箱子中有相当一部分英文书籍。或许当时中学生英文水平比较高，教授英文数学也是可能的。

吉祥小心翼翼地翻看着，他发现除了教科书，其中还有些杂书，小部分是文学书，大多是民间故事和地方风物志。有一本名字叫《北京风物志》的书，写了许多北京名胜古迹和地名由来的故事传说……

吉祥就像发现了宝石山一样高兴，他把箱子盖盖上，静静地打算着怎么使用这座宝库能不被大人看见，又能从里面找书看。

从那天以后，吉祥每次从中拿出两本，看完了放回去再换两本。两个月以后，爸爸才发现这个箱子的锁已经坏了，居然偶尔也从里面拿书看。

除了柳条箱，借书看也成了吉祥阅读的渠道。西城区图书馆是吉祥常常光顾的地方，那里可以借书，还能在阅览室里做功课。

图书馆里苏联的书几乎占了一多半。高尔基的书、托尔斯泰的书、果戈理的书、契诃夫的书那里都有。吉祥读了许多当代的苏联小说，除了《钢铁是怎样炼成的》，还有《卓娅和舒拉》《丘克和盖克》《古丽雅的道路》《丹娘》等。还有爱尔兰作家伏尼契写的《牛虻》，这本书当时几乎没有人不知道。

吉祥还看了《居里夫人传》《爱因斯坦传》《毛泽东同志的青少年时代》等名人传记，还有描写罗马奴隶起义的小说《斯巴达克斯》。

吉祥还记得年经的玛丽·居里艰苦求学的情景。冬天，她住的那间阁楼里没有火，毯子又很薄，睡觉的时候，她就把凳子压在毯子上，似乎这样会暖和一些。他还记得斯巴达克斯在一只胳膊脱臼的情况下，居然能够用另一只胳膊和一把短剑凭着坚韧的意志爬上十几米高的城墙。

那些科学家、领袖、英雄们的事迹和精神无时无刻不在鼓舞着、激励着吉祥和他的同学们。

有一天，春来问吉祥："你知道苏联的评论家有两个'司机'，一个'车夫'吗?"吉祥一愣，他影影绰绰地听说过，苏联的作家当中叫"斯基"的挺多，比如车尔尼雪夫斯基，他还知道他写的小说《怎么办?》，但是其他的评论家他就说不出来了。知道一点儿，不全知道，说不知道吧，就有点儿不服气。他于是说："我知道车尔尼雪夫斯基……"

"还有呢?"春来问。

"你说——"吉祥扬扬下巴。

"告诉你，还有别林斯基、杜勃罗留波夫，加上你说的车尔尼雪夫斯基。"

"知道他们是干什么的吗?"春来又问。

"文学评论家。"吉祥回答。

"读过他们的书吗?"

"我读过车尔尼雪夫斯基的小说《怎么办?》。"

春来瞪大了眼睛："什么内容?"

"里面有个革命者名字叫作拉赫美托夫，他居然睡钉子床，考验自己的革命意志。"吉祥得意地说。看眼神，春来没有读过这本书。

"我还真没有看过。你什么时候看的? 我怎么不知道?"

"哈！你也有不知道的呀！"吉祥觉得今天春来不但没有难住他，还被他给问住了，不免得意起来。

"好，我再考你一个。三个臭皮匠，顶一个诸葛亮。为什么不说三个臭裁缝顶一个诸葛亮？"春来又问。

吉祥想想说："臭皮匠因为做鞋、修鞋，许多鞋是臭的，所以是臭皮匠。裁缝的活儿不臭，所以不说臭裁缝……"

春来笑着摇摇头："我告诉你吧：三国时期，军中有种小军官，他们的军职叫裨将。也就是三个小军官的智慧顶得上一个元帅。时间久了，老百姓就把裨将说成了皮匠……"

听春来这样一说，吉祥觉得很有道理，连连作揖，学着古人的礼节自嘲自解地说："春来兄言之有理，小弟这厢领教了……"

两个人哈哈大笑起来。

吉祥上初三的冬天，李大爷托人把那些柳条箱子拉走了。走廊变得空旷起来。好长时间，吉祥的心里一直空空荡荡的……

黑板报近日新闻

1960年5月1日，苏联击落美国U-2型高空侦察机。

第十二章

男校和女校

贝府中学是个男校。北京市还有许多男校，比如贝府中学周边的男三中、男四中。当然相应的还有些女校，比如女三中、女六中、女十中什么的。

贝府中学大部分老师也都是男老师，女老师不太多，年轻的女教师更是凤毛麟角。因为接触女孩子少，吉祥就有了个爱脸红的毛病——见到女老师，还没有开口说话，脸先红了起来。

可能是校风的缘故吧，同学们之间很少谈论男女的事情。

到了五一和十一节日的时候，晚上天安门要组织大型的联欢会。在天安门前跳舞的，除了一小部分大学生，中学生就是主力部队了。每到这个时候，教育局就把贝府中学和女六中的同学联合在一起，在广场上跳集体舞。有时候手也拉着手，可是谁也不说话，连问问对方的名字这样的话都没有。

吉祥住的院子里有个邻居叫于秀敏。她比吉祥大三岁，是女六中的学生。

有一天大家在院子的台阶上聊天。

于秀敏忽然问吉祥："你认识我们学校的宋佳圆吗？"

吉祥一愣说："不认识——"

"人家可认识你——"

"她怎么会认识我？"吉祥影影绰绰地意识到什么了。

"你们五一劳动节在天安门前跳舞。她是她们班中队长，短发，个子高高的。"

哦——吉祥想起来了。那个女生挺和气，也挺爱说话的。吉祥不由得点点头。他对那个女生有印象。

"人家还向我打听你呢！"

"打听我？打听我什么？"

"我忘了，反正是打听你了。"于秀敏笑着说。

"你骗我——"吉祥说。

"真的没有骗你，我和她说我们住一个院。"于秀敏说，"人家是中队长，学习可棒了。"

吉祥没敢再追问，有一个声音告诉他，别再问了。

没有想到，十一晚上，天安门广场的联欢会上，贝府中学还是和女六中跳集体舞。吉祥又遇到了那个"打听他"的女生。吉祥还记得她的名字叫宋佳圆。吉祥非常紧张。他希望不要与这个女生说话。可惜这个集体舞就是不停地换人——早晚要换到一起，那个女生和吉祥的手拉在一起。那个舞曲是广东音乐，名字叫《步步高》。

宋佳圆可不像吉祥这么缩手缩脚，她微笑着很自然地说："你好！我知道你的名字叫吉祥。"

"你好……"吉祥觉得自己的手脚都不听使唤了，脸肯定是红了，幸亏天黑谁也看不见。本来他可以大大方方地说，我也知道你的名字叫宋佳圆。

可是他说不出口，事后他骂自己，觉得自己很笨。世界上的事情就是这样，谁都想让自己潇洒大方，可是"事非经过不知难"。长大了，吉祥才明白，他不敢和人家说话，是因为心里有个小怪物在监视着他：不能和女孩接触，更不能多说话，如果这样做了就是坏人。还有另一个小怪物在怂恿着他：多好的女孩子呀，聊聊天多好……

过了一个星期，于秀敏又对吉祥说："宋佳圆又打听你啦！"

吉祥不说话，但是很好奇。

"人家说你这个人特别老实，不爱说话呀。"

"没什么可说的，也不熟呀……"吉祥回答。

于秀敏又说："对了，人家还要向你借一本书看。"

"什么书？"

"《钢铁是怎样炼成的》。"

"她怎么知道我有这本书？"

"消息灵通呗！"于秀敏摇摇头，"我可没有告诉她。"

吃过午饭，吉祥把书交给了于秀敏。

一天过去了，两天过去了，一个星期过去了，于秀敏也没有和吉祥通消息，也不知道宋佳圆收到书没有。有时候吉祥忽然想起来这件事，可又不好意思主动去问于秀敏。

后来，于秀敏得了肺炎，住医院了。吉祥也不好意思再问。

再后来，于秀敏没有再说起这件事情。再后来，就没有后来了。

那本书没有丢，不是在宋佳圆手里，就是在于秀敏的手里。吉祥之所以没有再追问，是怕这样显得自己小气。让人说自己小气，对于一个男人来讲，简直就是耻辱。但这件事情，在吉祥的心里却留下了深深的痕迹。

黑板报近日新闻

1960 年 5 月 25 日 4 时 20 分，中国登山队队员王富洲、贡布（藏族）、屈银华从北坡登顶世界最高峰——珠穆朗玛峰。

第十三章

谁的学校好

春来在四中上学，吉祥在贝府中学上学。言来语去，免不了就有个攀比，争个高下。

四中是北京最好的学校，这几乎是大家公认的。可是到了具体的事情上吉祥又不那么服气。

一个中秋节的晚上，他们在院子里聊天。除了他们俩还有于秀敏。眼前小桌上的饭没有吃完，他们就争论起来。

事情其实是于秀敏挑起来的。

她说："吉祥，你还不努努力，争取考上四中，和春来当回同学。"

"我觉得贝府中学挺好的。"吉祥不屑地从鼻子里发出声音。

"不敢吧？怕考不上吧？"于秀敏就是想挑事，"春来，你说，四中是不是比贝府中学高一截子？"

"高一点儿吧。说高一截子，吉祥不高兴。"春来笑呵呵地说。

春来这句话可把吉祥惹火了。他说："我没有不高兴，你说四中比贝府中学高两大截子也没有关系。这样，你说你学校的一个好，我说我学校的一个好，如果对方说不出来了，就算输怎么样？"

春来习惯地掸掸手："行！你先说——"

"我们学校足球特棒！"吉祥说。

"我们学校中长跑很厉害，中学运动会第一。"春来说。

"我们学校管乐队有名，还在天安门广场演奏过。"

"我们学校韩茂富老师是国际篮球裁判。"春来说。

"我说学生，你怎么说老师呀？"吉祥觉得春来不守游戏规则。

春来又说："我们的课外小组也特别好。无线电小组、文学小组都培养了大家的兴趣爱好。"

吉祥说："我们学校的民兵北京中学里数第一。"

于秀敏插嘴说："现在我们开始专题争论，省得驴唇不对马嘴。"

吉祥和春来一起看着她。

"你们每个人都举例说说你们的老师怎么好，言简意赅。"

春来说："我们的物理老师张先生特别棒，他讲压强那堂课，带着一块砖走进教室，把砖头的三个面分别放在桌面上，用这样形象的办法来讲课。他的课结束的时候，同学们鼓起掌来。因为他把压强讲得简单而又清楚。"

吉祥说："我们地理老师阎先生讲世界地埋的时候，指着自己的鼻子说，这就是珠穆朗玛峰，如果这是珠峰的话，那么我的嘴就是马里亚纳海沟。如果把我的鼻子放到我的嘴里，我的鼻子是露不出嘴唇的——因为海沟有一万多米，珠峰才八千多米。"

春来又说："我们学校考上大学的人数比你们学校多。"

吉祥不说话了。

春来说："你认输吧……"

吉祥心里有些急了，急不择言："要不是我家帮忙，你还来不了北京呢！"话刚一出口，吉祥就知道这句话不该说。

春来说："是啊，我承认。要不是伯父帮忙，我还在老家种地呢。"

争论的气氛变得非常尴尬。

后悔、恼怒的情绪包围了吉祥。他知道，今天的争论一定不要这样结束。

吉祥指着小饭桌上的一头大蒜说："你要是一口能把整头大蒜吃了,我就认输。"

春来二话没说,拿过那头大蒜,蒜皮都没有剥干净,就"吧嗒吧嗒"吃到嘴里。

吉祥愣住了:"我也能吃。"

春来说:"好,你吃了,我就认输。"

看着那头大蒜,吉祥的确是没有那个实力。那不是刚刚上市的鲜蒜,而是蒜皮早已干巴巴的老蒜。甭说一头,就是一瓣整个放到嘴里也是需要勇气的。

"我输了。"吉祥说。他明白,从他说春来受到父亲帮助的时候,他就输了。

于秀敏居然还接着说:"咱们输什么都不要紧,不能输人啊!"

这句话深深刺痛了吉祥,吉祥生气地对于秀敏说:"都是你挑起来的,都是你,我才输的!"

大家看着吉祥真的急了,都不再说话。

那天晚上,吉祥很久没有睡着,一个声音对他说:"你今天的确输了人。"

这个声音是从他的心里发出的。吉祥觉得脸在发烧。

第二天一早，他对春来说："昨天是我输了，不该说那些话。我承认错误。"

刘春来乐呵呵地说："输什么了？你说什么呢?"

不知道春来是真的忘记了昨天的事情，还是他在装傻……

第十四章

编外组员

上初中三年级的时候，班长赵中华问吉祥想不想参加天文小组。

"怎么参加?"吉祥问。

"想参加的话，明天下午就跟我到北海公园的少年之家去考试。"

第二天是个星期日。吉祥和赵中华约好，一会儿在五龙亭见面。

吉祥站在北海五龙亭对面大殿的高台阶上等着，身后就是少年之家。

赵中华来了。几个想参加天文小组的同学一起围上来。

"快告诉我点儿天文方面的知识，我什么都不知道呀!"吉祥焦急地对赵中华说。

"对呀，临阵磨枪，不快也光!"同来的伙伴也瞪着企盼的眼睛，渴望班长给他们传授点儿应急的知识。

赵中华很沉稳地告诉大家：天上一共有八十八个星座，那个像 W 形状的叫仙后座，我们平常说的北斗七星属于小熊星座……

大家把刚刚学到的一点点儿知识小和尚念经似的反复嘟囔着。

大约过了半小时，吉祥被叫进去考试了。

迈过高高的木门槛，吉祥只觉得屋子很大很黑，只有窗外射进的一束光照在两个老师的脸上，其他空间都显得黑洞洞的，深不可测。吉祥有一种站在舞台上的感觉，紧张的心情可想而知。

"你喜欢天文吗?"一个老师开了口，吉祥忙说喜欢。

"知道什么叫黄道吗?"另一个老师问。

吉祥愣住了，他从来没听说过什么黄道，他只知道地球上有个赤道，于是只好说不知道。

"去过古观象台吗?"一个老师又问。

那时候的吉祥连北京有个古观象台的事情都不知道，更不用说去过，可是转念一想，如果说自己没去过，是不是就太露怯。可是又一想，要是说自己去过，人家要是问那里什么样子，有什么东西，可怎么办呀? 就在这千钧一发的时刻，吉祥突然想起了一套黄底色的邮票。那套邮票上面画的都是中国古代的科学家，一共四个人，祖冲之、张衡、僧一行和李时珍……

于是吉祥连忙说："我知道张衡，他发明了地动仪和浑天仪，还有祖冲之，他将圆周率推算到小数点后七位……"

"你说说地球的经纬线是怎么划分的？"老师开始问第四个问题。

吉祥的脑海里出现了那个蓝色的地球仪，上面的经纬线都清晰可见，但自己怎么也找不到关于这个问题的答案，只好摇摇头。

"好吧，你可以走了……"

吉祥不甘心自己的失败，他对老师说："我还知道天上有八十八个星座。"

老师笑了笑："你说说有哪些星座？"

不料，吉祥刚说了小熊星座和仙后座之后突然发现脑子里一片空白，赵中华告诉他的其他星座通通忘记了。可他怕说得太少，于是按照逻辑推理发挥自己的联想功能，心想，既然有仙后座，就一定还有仙帝座、公主座什么的，于是又补充了一个仙女座和一个皇帝座。

"你可以走了。"老师摆摆手。

出门以后，吉祥向赵中华"汇报"了刚才的情况，赵中华哭笑不得："你发明的？哪有什么皇帝座和仙女座呀！"

第二天下午，赵中华又到少年之家去看了录取名单，回来后告诉吉祥，他被录取了，吉祥没考上。

吉祥有点儿难过，不过也是意料之中。赵中华又说："老师说你可以跟着旁听，算是编外组员。"

从那天以后，吉祥就以"少年之家天文小组编外组员"的身份跟着赵中华去参加活动。后来吉祥发现，他的"待遇"和正式成员一点儿区别也没有，不由得暗暗高兴。

在小组活动中，吉祥来到了落成不久的天文馆。

西直门外没有太多的房子，更没有太多高大的建筑。1954年秋天，那里建成了一个完全是俄罗斯风格的建筑——苏联展览馆，1958年改名为"北京展览馆"。塔尖细高而又不失雄伟，大人们说，那塔形尖顶都是镀金的，也不知是真是假。上面的红五角星在晚上还能闪闪发光，这是吉祥亲眼看见的。

1957年，就在展览馆的斜对面，建成了北京天文馆。

吉祥看到天文馆，心中就涌起一阵激动，高大舒展的米色的拱顶不但好看而且有种亲切感。走进镶着金属扶手的高高的很有气势的玻璃门，迎面的一幅画吸引了吉祥的眼睛。

这幅画的名字叫《太阳的火焰》。

讲解员指着那幅画说：在日全食时，太阳的周围镶着一个红色的环圈，上面跳动着鲜红的火舌，这种火舌状物体就叫作日珥，日珥是在太阳的色球层上产生的一种非常强烈的太阳活动，是太阳活动的标志之一 。画家画的就是日珥的情景。吉祥没有多少天文知识，他只知道牛郎织女的传说。可是眼前这幅画却让他感到十分震撼。

画的下面是郭沫若的诗：

太阳，宇宙发展的形象，

新中国发展的形象，

科学事业发展的形象，

热火冲天，能量无穷，光芒万丈！

大厅当中，有一个巨大的钟摆从高高的屋顶一直垂下来。迎接它的是地面的一个圆形的池子，池子地面都有刻度。那个钟摆就在不停地摆动，幅度也不小。这个摆会永远不停地摆动下去。

这是证明地球自转的一个实验。因为是一百多年前，1851 年法国科学家傅科设计的，因此叫傅科摆。吉祥久久地站在傅科摆的前面，浮想联翩。直到大家叫他去天象厅的时候，他才缓过神来。

天象厅里，当大厅慢慢暗下来，群星出现在蓝天上。吉祥对赵中华说："外面看着没这样大，里面怎么这么大呀？"

赵中华说："就是呀！就和夜里在外面看星星一样啊！"

"这是真的假的？"吉祥问。

辅导员小声地说："这些星星都是中间那台天象仪发出的光！"

就在那里，吉祥第一次知道了什么是天象仪——它是一台放映机似的仪器，可以将幻灯片或者胶片投射在球状荧幕上，在观众面前就出现了灿烂的星空。

还有一次让吉祥印象最深的活动，就是到北京天文台用天文望远镜观测土星。当在望远镜里看到土星那美丽的、椭圆形的"腰带"时，他心中非常激动。那个神秘的苍穹并不是我们平时用肉眼所看到的那样——只是在黑色的天幕上缀满了蓝色的宝石。当时吉祥的第一个感觉就是自己看到的是一幅画或者是一幅照片，几乎不能相信那块小小的被叫作土星的"蓝宝石"居然那么大、那么圆，白色的星体上还环绕着一个悬浮的清晰的"玉带"。

吉祥心中像打开了一扇窗，科学是这样神奇、这样有力量地把一个让人几乎不能相信的景观拉到你的眼前，使你心有所悟！

后来，当吉祥听到有人说"不要过分相信你的眼睛"，他一下子就明白了说话人的用意，多少电磁波在空中"飞翔"，你的肉眼却视而不见；当你看到一件美丽的工艺品忍不住想去抚摸的时候，你发现这是个全息摄影……这些理性的思维对于吉祥来说，都是起源于那次作为编外组员对土星的观测。

黑板报近日新闻

1960年7月27日，小说《牛虻》的作者伏尼契在纽约寓所去世。

第十五章

牛皮纸口袋

初三期末考试以后，各个毕业班的同学分别开了一次班会。吉祥班里的这个班会不是由老师领着开的，而是由班长赵中华给大家开的。大致的意思是：大家马上要面临着考高中，报哪所学校呢？当然是自愿的，报哪所学校都是可以的。可是大家想一想，我们的母校贝府中学辛辛苦苦培养了我们好几年，我们才有了这样的成绩。现在学习好了就去报别的高中……话说回来，我们学校也是很优秀的学校呀！我希望大家还是要报本校。现在我表个态度，我报考的第一志愿高中，还是本校——贝府中学。另外告诉大家，获得优良奖章的同学不用参加中考，可直接保送本校高中。

　　希望同学们报考本校的动员会开完了。尽管赵中华带了头，但是大家都没有立刻响应。因为心里特别有底的同学都想更上一层楼。再说，这件事还要和家长商量一下。还有个别同学家住在东城，东城也有好学校，比如北京二中、北京五中等。

赵中华拉住了王夏的胳膊说："你怎么决定的呀？"

"我有点儿犹豫……"王夏实话实说。他的学习在班上是前三名。

吉祥想考四中，但是又觉得贝府中学也不错，对学校也熟悉了。参加中考又费事又担心——万一考坏了，贝府中学也上不了，那不是鸡飞蛋打吗？

那天吃过晚饭，吉祥和父亲商量报考高中的事情。父亲把正在收拾厨房的母亲叫了过来。

"先说说你自己怎么打算的。"父亲说。

"我想上四中，又怕考不上，有点儿犹豫。"

母亲说："咱不求大富大贵，现在的学校挺好的，上了三年也熟悉。还是保送，求之不得呀！要是我就留在本校。"

吉祥看着父亲。

父亲说："你考四中有把握吗？"

"把握说不好，但是有希望。"

"好，我尊重你的意见。你如果参加中考，要做好准备——被一个比现在学校差一些的学校录取。"

"是的，我也想过。"

"还是那句老话，甘蔗没有两头甜。你决定好了跟我们说一声。"父亲站起身来。

……

第二天早晨，吉祥告诉父母，他决定留在本校，不参加中考了。

父亲忽然对他说："还有个事儿。那天对门董大爷跟我说，北京戏校招生，他看你条件不错。你想不想学戏呀?"

吉祥愣住了，学戏！父亲说的是京戏，他从小就没有想过要学京戏。他觉得学戏和他的志趣离得太远了。

"您让我学戏?"吉祥问。

"随便说一下……"

看父亲的眼神，如果吉祥想学戏，他不会拦着。母亲在一旁不说话。当时学戏是念戏校，算是中专学历。

那一刻，吉祥觉得父亲真是太开通了。吉祥甚至有点儿生气。他说："我不想学戏！"说完就走出门去。事后，吉祥有点儿后悔，父亲一贯尊重他的意见，学不学戏也没有强迫他，干吗对父亲那个样子。他觉得有点儿对不住父亲。

吉祥没有参加中考，直升本校高中，省下了不少时间。

高中要开学的前几天，新班主任赵老师让吉祥帮忙做点儿事情。这是位女老师，很和气也很热情。她就住在离学校不远的一个部队大院里。这个大院也是由府邸改成的，有差不多三四套院落。

赵老师的丈夫是军队的大校，肩章上是两道杠杠，四颗星星。有一天赵老师让吉祥帮她到家里去拿东西，吉祥见到了这位大校。这是他最近距离地见到解放军的大校。他圆圆的脸庞充满和善的笑容。吉祥有些惊讶。听说大校就是师级干部了。

平时说起师级军官，觉得非常难得，非常了不起。可是走到赵老师的大院门口，出出进进的都是两道杠杠四颗星。他们既没有专车也没有马 —— 不是走路，就是骑自行车。

赵老师看上去很文弱，说话总是商量的口吻。

在赵老师的办公室里，除了吉祥，还有同班的钟亚曾。他也决定留在本校，不参加中考。

四十几个崭新的牛皮纸口袋放在桌子上。吉祥在每个牛皮纸口袋上面写上每个同学的名字和编号。赵老师说，每个同学从高一开始建立档案。以后不论同学们到哪里去，这个袋子都会跟着大家。

赵老师负责把一张张表格放进口袋里。虽然赵老师不让他俩看那些表格，但吉祥大致知道，这些表格是初中毕业的时候学生自己填写的个人相关信息，包括姓名、性别、籍贯、父母、家庭出身以及是否有问题等。吉祥也有一张。

初三时由老师签字、学校盖章，然后老师会将这些表格整理存放好。

现在那些表格被赵老师拿在手里，分装到写有同学姓名的牛皮纸袋中，每张表格都有了自己的"家"。当赵老师把一张张表格放进一个个口袋里，然后把"扣子"上的小白绳绕紧的时候，吉祥还不知道对于大部分人来讲，这个袋子将会越来越厚，越来越复杂，对一个人前途产生着不可估量的影响。

赵老师说："这个袋子将跟你们一辈子，你们走到哪儿，它就跟到哪儿，但是你们自己不能看到。"

吉祥忽然想起了宋国钧，初中也有这个牛皮纸袋子吗？

第十六章

辅导员的苦恼

高一开学的时候，吉祥所在的班还叫二班，不过是高一（二）班了。有一半的初中老同学不见了，又来了一些新同学。其中有位同学名叫杨胜利。他为人朴实热情，他是班上唯一一个享受困难补助的同学。他也住在吉祥住的胡同里。

　　"我以前怎么没有见过你？"吉祥问。

　　"我刚刚搬过来的，我爸在菜站工作，在7号租了间南屋。"

　　"太好了，我住在9号，咱们是斜对门的街坊。"

　　上了高中，多了一门课程，就是外语课。学校统一分配，前三个班学英语，后三个班学俄语。吉祥所在的二班学英语。

　　班上成立了团支部。赵中华是团支部书记。

　　高中刚开学，赵老师把吉祥叫到办公室对他说："你们进入高一了，初一的新生也入学了，这些同学年龄还小，还有少年先锋队的组织，他们还戴着红领巾呢！按照贝府中学的制度，需要从高一的每个班级中选拔一名同学担任相应初一班级的辅导员。我觉得你挺合适的。"

因为这类选拔中没有自我推荐或申请的制度，就是班主任老师指定，也算是老师给予的一个很好的锻炼机会吧。吉祥就这样被指定当了初一（二）班的少先队辅导员。他感到非常高兴。

高一年级六个班，初一年级也六个班，因此一共有六个辅导员。吉祥发现另外五个担任辅导员的同学都是共青团员，只有他不是。

那时高一年级团员的数量不多，已是团员的学生大多都担任班干部、参与班级管理工作，吉祥班上却有一位团员同学没有"一官半职"，也没有被老师选为辅导员。吉祥暗想，也许是老师希望他在担任辅导员的过程中能够积极努力、争取入团。

吉祥心中对入团的可能性早有预估，他隐约知道自己入团的条件不够。可是，"出身不由己，道路可选择"这句口号一直鼓舞着吉祥。

高一发展团员的时候，吉祥曾几经争取，包括写思想汇报、在劳动活动中积极肯干、热爱党、热爱祖国、团结同学等等。

团支部的活动很频繁，在班上的工作也越来越起作用。班上的同学被分成了三部分。第一部分是团员，第二部分就是写了入团申请书，但是还没有加入团组织的人，简称"入团积极分子"，第三部分是没有写申请书的同学，被称为"一般群众"。

吉祥就属于写了入团申请书，但是还没有入团的积极分子。

班上的团支部开会经常把积极分子也叫上，这样做可以让积极分子更好地靠近组织，同时对这些同学也是个鼓励。每次发展新团员的时候，积极分子也要参加。

吉祥参加过很多次这些积极分子也能参加的团支部活动。

参加这些活动，尤其是参加发展新团员的活动，不能说百感交集，但是吉祥心里总有些不是滋味。

初一的学生有时候也会问吉祥："辅导员，你是团员吗？"

吉祥只好实话实说，但会紧跟着补充一句"我正在积极努力，我一定要加入共青团"。每次这样的对话结束后，吉祥的心情总是很矛盾，失望和希望轮流占据着他的心。

担任辅导员期间，吉祥曾带着初一（二）班的同学到北海参加少年宫的活动、到天文馆参观、在化学实验室教大家怎么做汽水。班主任不在的时候吉祥会到班里给他们讲故事，上自习时也常到教室里转转、帮助同学们解答疑问……

一个学期过去了，入团还没有希望。

一年的时间过去了，初一（二）班已经升为初二（二）班了。班上已经没有少先队组织了。吉祥这个辅导员的任务也就完成了，可惜他还不是共青团员，他的身份总是"入团积极分子"。

田汉树同学也考上了贝府中学，仍旧和吉祥一个班。高一（二）班的黑板报依然有黑板报近日新闻：

1961年1月4日，奥地利物理学家、1933年诺贝尔物理学奖获得者薛定谔逝世；

1961年4月12日莫斯科时间上午9时07分，苏联航天员加加林乘坐东方1号宇宙飞船升空，在最大高度为301公里的轨道上绕地球一周，历时1小时48分钟，于上午10时55分安全降落。加加林成为世界

上第一个进入太空的人;

　　1961年4月14日，第26届世界乒乓球锦标赛在北京举行。

第十七章

郑大婶的儿子

北屋住了于大娘，南屋住上了郑大婶。于大娘是房客，交房租。郑大婶是朋友，白住。

在吉祥家里住的时间最长的朋友就是郑大婶。

光住还不算，她还能很有权威地指挥家里的舆论工作。郑大婶当过医生。她自己有胃病，却不吃药，就喝发面蒸馒头用的小苏打。据她自己说：一喝就好。

一个瓶子里放着白白的粉末，有时候倒出来放到一张白纸上。这个时候她就开始喊了："吉祥——"

吉祥跑过来，知道她要让自己给她拿暖水瓶了。

"大婶胃不舒服了……"

吉祥二话不说，就跑到暖水瓶跟前，先晃晃里面有没有水，然后给大婶的杯子里倒上半杯，端给郑大婶。郑大婶把药末倒进嘴里，然后用水冲下去，躺回床上。

别看郑大婶病病恹恹的，却有她的过人之处。她有文化，有医学的知识和技术，要不怎么能当医生呢！她会说出一些吉祥听起来很有魅力的话，比如她会对哥哥姐姐说："'人而好善，福虽未至，祸其远矣。'这是古代人曾子说的，人要做好事，福气没准儿还没有来，但是灾祸已经远离你了。"

吉祥的母亲也能看书识字，但是只会说些通俗的话，要做善事呀，善有善报呀！可经郑大婶的嘴这样一说，那道理就格外能往心里去。

爸爸妈妈议论郑大婶的时候总是一种钦佩的口吻。郑大叔在世的时候，他们两口子教育孩子很有一套。他们吃饭在高桌上，五个孩子围在小桌上，爸爸妈妈吃肉喝酒，孩子们却在自己桌上吃素菜。郑大婶有三个儿子，两个女儿，就这么长大了，但是却个顶个的孝顺，个顶个的聪明。

"你说人家那孩子是怎么养的？"母亲经常感叹，"自己吃，也真吃得下去。孩子还那么有出息。"

郑大婶的大儿子进了北京的名牌大学，二儿子据说在外地一个剧团里当团长。虽然吉祥没有见过郑大婶的孩子，但是却打心眼里羡慕他们。他尤其想知道一个剧团的团长是什么样子。

有一天，吉祥走到小南屋，刚一进屋，就看见了一个陌生的男人。

"有客人?"说着,吉祥就往外走。还没等出门他就听见那个男人招呼他说:"是吉祥吧?我是你郑二哥啊!"

"这就是当团长的二哥吧?"吉祥学着大人的口气说。

"是呀,是呀……"郑大婶和她的团长儿子含含糊糊地应付着。

吉祥的第一个感觉就是,这个团长真年轻呀!

从那天以后,郑二哥就常来吉祥的家里串门。

这个团长怎么也不上班呀?可能是休假吧。吉祥忍不住想。

郑二哥很聪明,又活泼又热情。几天的工夫,大家混得就像一家人一样。他说他正在准备调到北京的剧团,现在陪着他妈妈在吉祥家里住。

他的到来给吉祥带来很大的乐趣。首先他有一个一尺长、半尺宽的魔术皮包。那里面放着许多轻巧而神秘的道具。每次见到郑二哥,吉祥都觉得他又高大又神秘。

有一天晚上,大家在屋里聊天。郑二哥突然从兜里掏出一块手绢平铺在桌上,然后把两个倒扣的茶杯放在手绢上说:"我能给你们变出小金鱼。"说着话,他分别举起两个茶杯给

大家看 —— 都是空的！

大家点点头。

这时候，他把一个茶杯放正，茶杯口朝上，但有手绢盖在上面。郑二哥把手绢猛地掀开。大家惊讶地看到他手里的杯子中不但有清凉的水，水里还有一条小金鱼。大家情不自禁地给他鼓掌。就连父亲也说，这水平就是在舞台上也看不出来。

吉祥关心的是怎么会凭空出现小金鱼呢。他缠着郑二哥一定要教会他变这个魔术。郑二哥笑笑说："我考上剧团的那一天，我就告诉你怎么变。"

吉祥点点头，心里想，郑二哥不是团长吗？干吗说报考剧团呢？

住在吉祥家的这段日子里，郑二哥每天白天出门，晚上回来。他每天都要把当天"调动"的情景和大家说。姐姐和吉祥是必到的听众。

说着说着，"调动"变成了"报考"。

"今天考小品了吗？"姐姐好奇地问。

"当然考了。"

"今天你演的什么？"

郑二哥没有像以往那样兴奋，而是讲了这样一件事情：郑二哥来北京之前，在老家的一个小剧团当道具工人。当时的规定是他报考的时候一定要有原单位容许报考的证明信。可是老家的这家小剧团不放他走，当然也就没有证明。郑二哥动了心思，有一天，团长没有在办公室，郑二哥就自己撬开了办公桌的锁，偷出了公章，在两张空白的公文纸上分别盖了一个章。就在这个时候，团长推门进来了……

姐姐突然问："你刚才说的是真的，还是瞎编的？"

"真的。"郑二哥声音有点儿异样。吉祥感觉到了他的难过。

"你不是团长吗？"姐姐问。

郑二哥摇摇头。吉祥和姐姐都不好再问。

"后来呢？"吉祥说。

"团长说，我这叫撬锁作案，盗窃公章。我这行为比偷东西还要严重。"

郑二哥暂时住在剧团，有两个小伙子专门看着他。

第二天上午，郑二哥被叫到了团长办公室。

"我们研究了，因为你偷盖公章的事情，团里决定给你记过处分。你还要调走吗？"

郑二哥点点头。

"我们可以给你开个同意放你走的介绍信，但是撬锁偷盖公章的事情也要写到档案里。"

郑二哥点点头。

听到这里，吉祥觉得身上有股凉意。

"今天的考官看了我的证明信，就说，好吧，今天的小品就把你当时如何偷盖公章的事情表演一下吧。"

"你表演了吗?"吉祥和姐姐一起发问。

郑二哥痛苦地点点头。

那一刻，吉祥忽然觉得郑二哥就像魔术里的那条小金鱼。

人们看着小金鱼忽然从空碗中出现，很高兴，没有人想到那条小金鱼是多么痛苦，它憋了很久很久呀!

人们看到从大礼帽变出鸽子，没有人想到那只当成道具的鸽子被压在夹层里是多么痛苦。吉祥再见到郑二哥的时候，不再觉得他高大和神秘了，有种可怜他、同情他的感觉。吉祥觉得那个剧团的团长不是好人。

从此以后，吉祥在看到马戏团小丑出场的时候，他就感到小丑并不是快乐的，他们的笑是装出来的，是苦笑……

黑板报近日新闻

1961年7月2日，美国作家海明威去世；

1961年8月8日，中国著名京剧表演艺术家梅兰芳去世。

第十八章

文工团里当小工

高一暑假，吉祥到北京的战友文工团当过一个月的小工。

什么是小工？比如盖房子，那些砌砖的瓦工需要一定的技术，砖与砖之间的缝隙要抹多少灰浆都有规定，墙当然要砌得横平竖直，拐角的地方就更要水平。这种瓦工师傅都是有级别的。而给他们打下手，比如搬砖、和沙子水泥的则光卖力气就行了，这就是小工。

战友文工团在北京的平安里，听说那里在盖房子，胡同里的几个伙伴就去找活儿干。同时去的还有杨胜利、宋国钧。

上工的那天先要定工资，工资的规矩挺有意思，不看你能干多少，而是先看你的身量高矮胖瘦。吉祥他们一群人排成一行，等着一个挂着上尉军衔的军官登记"评级"。一排人当中有认识的也有不认识的，大部分人都比吉祥年龄大。吉祥和宋国钧年龄最小，杨胜利比他们大一岁，

上尉坐在一堆红砖的前面，手里拿着个大纸夹子，低头

问了名字之后，抬头看了一眼，"定价"便脱口而出："一块五，一块四，一块三，一块二……"这就是一天的工资。

排在吉祥后面的就是宋国钧。他们年龄一样，高矮也差不多，都在一米七左右。不过宋国钧的脖子比吉祥长，因此显得比吉祥瘦。看看左邻右舍，吉祥估计他和宋国钧都是一块三的水平，弄不好，宋国钧也就是一块二。

轮到吉祥了，他在上尉面前挺挺胸。上尉头也没抬说："一块二！"

吉祥急忙说："您还没看我呢。"

上尉说："早看过了。"接着就问名字。没办法，吉祥只好报了名字站在一旁等宋国钧。上尉看一眼："一块三！"

呀！宋国钧居然比吉祥工资高。吉祥忍不住问上尉："我怎么才一块二？"

上尉笑笑："你是属绿豆芽的，见高不见粗。"

吉祥什么也没说出来，其实宋国钧身上跟搓板似的，根本没肉。杨胜利的工资是一块四，他的身体一看就壮实。

后来细问起来，吉祥才知道是因为自己皮肤白，让他少拿了一毛钱。

大家修建的工程是个排练场。吉祥和宋国钧的大部分工作是搬运。他们俩用一条扁担共抬一个桶，桶里装的是用水和好的沙子灰，有时候是带石子儿的沙子灰，那东西挺压分量的。抬着它要走三十米的路，有时还要上跳板，走斜坡。累倒不怕，就怕被压得不长个儿，但另一个因素又在鼓舞着吉祥，干这种累活儿可以长肌肉。至于一块二还是一块三，他早就忘得一干二净了。

每天早晨八点正式开工，大家七点多钟就到了，看着演员们练功、吊嗓子、打水洗漱。

那时候著名的歌唱家马玉涛还很年轻，梳一条大辫子，走路很带劲，到锅炉房打水的时候还在哼哼曲子。吉祥特别想听她唱的歌《马儿啊，你慢些走》，可怎么好意思跟人家说呢？只好远远地看着……

吉祥看到那些女舞蹈演员昂首挺胸，走路迈着八字步，亭亭玉立的，一个个都像美丽而又骄傲的公主。他特别想多看两眼，可每当人家向他迎面走来，也不知道为什么，吉祥就害羞地低下头。他眼中的男舞蹈演员都长得很威猛。后来长大了，见到的男舞蹈演员却只有秀气的感觉了。

干活儿的时候，他们不知道什么叫偷懒，尤其是上尉在跟前的时候，吉祥和宋国钧更是多装快跑。吉祥想让他明白自己不是什么"绿豆芽"。每当这个时候，上尉就说："少装点儿，别逞能！"

吉祥年纪不大，可心气儿挺高，最不愿意人家说自己弱，说自己白，说自己娇气，包括说自己逞能。

有一天下午快下班的时候，上尉一面吹哨一面大声喊："收工啦！收工啦！到锅炉房前面集合。"

大家不知道发生了什么事情。一个砌墙的师傅对吉祥说："小子，好事儿来了，说不定要发东西呢！"

"发什么？"

"没准儿发罐头，我在一个部队大院干活儿，就发过一盒炒饭罐头。"

吉祥从来没有听说过还有炒饭罐头，很兴奋，不管发什么都是好事呀！

不一会儿的工夫，锅炉房前面集合起了三十多个人。正经的建筑工人都是成年人，像吉祥他们这样的学生有十来个。大家都没有工作服，只是穿着破旧衣服而已。宋国钧对吉祥说："可别发罐头，到家里还不够分的。要是真发了罐头，我就跟我妈两人吃。"

吉祥笑了："可能发花生。"

"真的?"宋国钧用眼睛搜查着附近的地面。要是发东西,应该搬到现场了。

忽然听见响起掌声,几位演员跟着上尉走过来。

上尉给大家敬了个军礼说:"各位工人师傅,大家这些日子为我们修建排演场,很辛苦。今天团里特意派来几位演员为大家表演几个小节目。"

大家不由得鼓掌。

吉祥看见演员里站着马玉涛。

真高兴呀!能在这样近的地方看他们的节目真是有福!

两位男女演员表演二重唱《看看拉萨新气象》。接下来是女声独唱《马儿啊,你慢些走》。最后是两位男演员表演的一段相声《夜行记》。

虽然说只有短短的三个节目,但是大家都被感动了。

在笑声中演员过来和大家一一握手。

那一天,吉祥虽然没有吃到罐头,但是吉祥把这件事情写成了作文,和街坊邻居诉说,开学后和同学们吹牛……太值了!

一个月的小工生活结束了,吉祥把挣到的钱交给妈妈。

妈妈说："你不留点儿钱自己花?"

"不用!"吉祥豪爽地说。妈妈没有说话,默默地把钱收起来。第二天晚饭的时候,父亲在饭桌上递给吉祥一个小盒子,盒子里装着一支钢笔。那是一支有着红褐色笔杆、银白色笔帽的英雄牌钢笔。吉祥又惊又喜。他长这么大还没有用过新的钢笔。

"爸,得两三块钱呢! 这么贵,我有笔。"

父亲微笑着说："不贵。看着你有出息,值得!"

第十九章

神奇的土鳖虫

上高中二年级的时候，春来住校了，吉祥一个人睡在小东屋。房间的顶棚很低，是用废报纸糊的，吉祥站在床上举起手就可以在上面写字。

有一天夜里，吉祥不知被什么声音吵醒了。静静地听来，发现声音是从床底下传出来的，窸窸窣窣的像是耗子。吉祥心里有点儿发毛。为了不惊动睡在里屋的妈妈，他没有开灯，而是点起了一支蜡烛。

吉祥撩起床单，看见了一个丢在床下的破旧洋娃娃。这洋娃娃是个空心的男娃娃，是用赛璐珞材料做成，个儿挺大却挺轻，像红皮鸡蛋一样的颜色。

吉祥把洋娃娃从床底下拿出来，放到耳边又仔细听。准确地说，声音是从洋娃娃的一条腿的裂缝里面发出来的。吉祥将腿上的裂缝掰大些，凑到蜡烛旁一看，原来是一只土鳖虫躲在裂缝里。本来，吉祥只要把裂缝再掰大一点儿，让那虫子掉出来就什么事情也不会发生了。就在这个时候，一个"罪恶"的念头鬼使神差地出现在他的脑海里。

这土鳖害得自己睡不着觉，还把人吓得够呛，应该受到严惩！

吉祥拿着洋娃娃，将它凑到蜡烛的火焰跟前，他想把裂缝掰大一点儿，土鳖就会掉到火焰上被烧死。

"呼"的一下！土鳖还没掉出来，洋娃娃却燃烧起来。吉祥本能地将洋娃娃扔在地上。火势一下子变大了。这时候吉祥才想到赛璐珞是非常容易燃烧的。可是已经晚了。

还不到几秒钟的时间，屋子里一片通红！

吉祥的脸上已经有了被炉火烘烤的感觉。那火苗蹿得老高，离顶棚也就是二三十厘米的距离。

吉祥慌了，要是把房子烧着了那可怎么得了！他拿起挂在衣架上的帆布书包，抡起来向火焰扑去。这时他觉得小腿上一阵灼热，本能地向后一跳，跳到了床上。

里屋的门开了，吉祥看见妈妈一脸惊讶。

火焰已经熄灭了，这不是吉祥救火的功劳，而是因为"燃料"洋娃娃已经烧完了 —— 地上什么也没留下。

这一夜，吉祥只觉得小腿在痛，基本没有睡着觉。好容易盼到天亮，他惊讶地发现整个右小腿上全是半透明的燎泡，脚也已经痛得不能沾地了。

妈妈搀扶着吉祥坐上三轮车到了医院。医生用剪子把燎泡剪开，给腿上敷上了黄酱似的药膏。

吉祥在家里一躺就是一个月。

没有人理解他为什么半夜不睡觉，要去烧那个赛璐珞洋娃娃。许多人听着吉祥讲述事件经过的时候，就像听他在讲一个传奇故事那样既好奇又将信将疑。

幸亏家里没有人迷信，如果按迷信的说法，对这件事会有很多神乎其神的解释：那个土鳖是个神灵呀！那个洋娃娃已经成了精呀！动坏心眼儿就会遭报应呀！吉祥的妈妈只是埋怨了他一次：你不知道那个娃娃是"化学"做的，特爱着（燃烧）呀！

吉祥长大了以后想起来这件事，有点儿后怕，尤其是看了那个名叫《百慕大三角》的电影，那里边有个面无表情却经常神秘杀人的洋娃娃。吉祥不相信那是真的，倒是有一点儿感想。他虽然不相信因为想杀死土鳖而遭报应，但一个人不可产生那种"罪恶"的念头去杀害小动物。

那些日子，杨胜利每天都到吉祥家里来，拿着课本告诉他，这门课讲到哪儿了，然后把每门课留的作业告诉他。这么长时间，几乎每天如此。

和杨胜利认识不到两年，吉祥觉得这真是个可以深交的好朋友。

有一天，钟亚曾来看他，不但带来几本小说，还讲了几个在同学之间疯传的关于吉祥的传说。

传说一：有一天晚上，吉祥看见天窗上红光一片，他爬上天窗一看，原来是隔壁院子的厨房着火了。吉祥奋不顾身爬上天窗吹起了哨子。人们这才从梦中惊醒，连忙救火。可是吉祥同学的腿脚已经被烧伤了。隔壁院子的邻居说：谢谢吉祥，我们要学习你忘我的牺牲精神！

吉祥哈哈大笑。

另一个传说就不那么友好了。

有一天，吉祥在家里抽烟，没有想到他爸爸突然进来了。吉祥连忙把烟掐了，放进裤子口袋。过一会儿，他爸爸走了，吉祥才发现，刚才的烟没有掐灭，把裤子都烧着了。一见风，裤子就熊熊燃烧起来。

吉祥皱皱眉："这都是谁这么混蛋……"

钟亚曾说："听着玩吧，生什么气呀。好话坏话都要听。"

春来是周末才知道吉祥的腿被烧伤的事情，从那天开始，他每周六都陪着吉祥住上一晚，星期日晚上他才回学校。春来已经是班里的团支部书记了。胡同里的好友都陆陆续续地来看过吉祥。这些朋友中最让吉祥没有想到的是同院的于秀敏，她现在已经是二年级的大学生了。她不但自己来，还带了一个个子高高的女同学。吉祥看着很眼熟。

于秀敏说："不认识啦？这是宋佳圆啊！"

吉祥猛然想了起来，就是在天安门晚会上认识的女六中的宋佳圆啊！

吉祥的脸一下子红了，他觉得自己的脸烧得很厉害。

宋佳圆举起手里的书："听秀敏姐说你受伤了，我来看看你，顺便还书。对不住了，这么晚才还……"

"钢铁是怎样炼成的。"吉祥一语双关地回答。

宋佳圆听吉祥讲惊险小说一样讲述了腿被烧伤的经过，好像在听什么英雄事迹。刚一讲完，吉祥的脸又红了。

宋佳圆和于秀敏走了。吉祥坐起来，拿起书，毫无目的地翻看起来。

吉祥在家躺了一个多月，看了许多书，《红楼梦》就是在这个时候读完的。

黑板报近日新闻

1962年8月2日，教育部发布《关于高等学校优先录取少数民族学生的通知》；

1962年8月5日，美国电影演员玛丽莲·梦露因过量服用安眠药死于洛杉矶的寓所中。

第二十章

伊拉克蜜枣

那时候，市场的供应越来越紧张。城市里每家除了购买粮食要用粮票之外，副食也都要凭本供应。北京的家庭有这样几个"本"：粮本 —— 每个月初拿着粮本到街道办事处领粮票、油票。还有个副食本。副食本的正名叫作：北京市居民购货证。那是个灰色皮皮的小本子，里面就是月份等等表格，上面写着配给的副食，比如带鱼、花生、瓜子、芝麻酱……甚至花椒、大料都得要本。没有印上去的食品，售货员用钢笔写。那时，花生、瓜子平时根本见不着，只有过年时才能吃到：花生每人半斤、瓜子每人三两……

那些日子，商店里陆续出现了几种能吃的商品，还都是从国外进口的。

最被人重视的就是伊拉克蜜枣。这种蜜枣学名叫椰枣，但老百姓统统都叫它伊拉克蜜枣。这种枣个头比中国枣子大一些，外表是那种半透明的黄褐色，就像北京蜜饯那种颜色，一看就是含糖量很高的东西。这椰枣没有任何包装，运来的时候就是一麻袋一麻袋的散装。倒在货台子上也是一堆堆、一团团的。论斤称，光要钱不要票，但是价格还是偏高，比高级点心、高级糖的价格稍低一些，家里有些闲钱的人家可以买一点儿。

许多人是从伊拉克蜜枣才知道伊拉克的。

除了伊拉克蜜枣还有来自古巴的古巴糖。那种糖与家里常吃的白糖和砂糖，还有红糖都不一样。它是一种红褐色的砂糖，要凭副食本供应。再有就是和抽烟的人有关的来自阿尔巴尼亚的烟和来自朝鲜的烟 —— 这两种烟都不要票。还有从朝鲜来的明太鱼。

有一天吃完午饭，妈妈打开一个牛皮纸纸包对吉祥说："看看，这是刘大叔送给咱们家的。"

吉祥第一次这么近距离地看到伊拉克蜜枣。他不由得数了数，一共是二十个。

妈妈说："你吃一个吧。"

吉祥早就在护国寺的商店见过这种枣，嗓子里就像伸出一只小手，一下子就想把蜜枣抓到手里。但是他知道，妈妈很不容易，于是忍住口水说："您先吃一个。"妈妈摇摇头说:"听说这东西吃了上火,我就不吃了,再好也就是蜜饯的味道。"

吉祥点点头,把枣子放到了嘴里,第一个感觉就是甜,而且十分筋道,有嚼头。说是国外的枣吧,可是没有什么异味。还没有感觉完,枣子已经咽下去了。

"我还能吃吗?"吉祥问。

"你每天吃完中午饭吃一个,增加点儿营养。"

"一下子吃了吧,解解馋。"

妈妈微笑着把纸袋子收起来说:"给你爸留五个,给春来留五个,给你留五个,给我留四个。"

那时候,春来上高中,吃住都在学校。父亲在顺义的工厂,哥哥在外地,姐姐在外地。长期在家的就是他和妈妈两个人。

一个星期过去了,纸包里还剩下四个伊拉克蜜枣。吉祥问妈妈:"您怎么不吃?"

妈妈说:"我从明天开始吃。"

第二天,吉祥发现那个装伊拉克蜜枣的纸袋子已经空了。他问妈妈:"蜜枣呢?"妈妈说:"我吃了!"吉祥笑起来,他从来没有看见妈妈这么豪爽过,于是大笑着问:"多甜呀!您不怕齁着呀?"

妈妈笑着说:"不怕,挺好吃的。"

有一天,对门郭大婶的儿媳妇来吉祥家串门,挺着个大肚子,走路一拐一拐的。她怀了孕,喜欢吃酸。妈妈说:"酸儿辣女呀,你怀的一定是个小子。"

"张婶,不瞒您说,我不但喜欢酸,我还喜欢吃黏的。要是护国寺的炸糕、切糕能随便吃就好了。一个炸糕不但要二两粮票还收一块钱,谁吃得起呀?"

吉祥在灯下做功课。妈妈微笑地看着郭家儿媳妇,指指吉祥,意思是别打扰他做功课。

郭家儿媳妇放低了声音说:"我今天上您这儿来,是特意来谢谢您的!那天您给我的四个蜜枣粽子,我一顿都给吃了,可是解馋了。我如今一想,您也不是富裕的主儿呀,您这是从肋叉子上省出来的呀!"郭家儿媳妇说到这里很动感情,声音都有些哽咽。

吉祥听明白了,那四个伊拉克蜜枣,妈妈是包成粽子送给了郭家儿媳妇。

郭家儿媳妇从衣兜里掏出一双肉色的袜子说,这是从友谊商店用外汇券买的,自己怀孕脚大,穿不上了,送给母亲也算个心意。

母亲连忙站起身说："你这会儿正是需要保养的时候，这么高级的袜子我不穿，你年轻，留着穿……"

就这样母亲一路搀着郭家儿媳妇走出大门。

黑板报近日新闻

1962年8月15日，解放军战士雷锋因公殉职，年仅22岁；

1962年9月9日，中国空军击落美国U-2高空侦察机。

第二十一章

冬储大白菜

在吉祥的印象中，北京人大量地储存白菜是从1959年年底开始的。那个时候，粮食供应十分紧缺，副食品更是寥寥无几。如果蔬菜多一些，人们也能填一下肚子。尤其是冬天，北方的田地一片荒芜。

大白菜产量高，好储存，从每年的11月能一直吃到第二年的4月。在三年困难时期，粮食匮乏，大白菜立下了汗马功劳。从此，北京开始大面积地种植白菜，以保证北京市民一冬天的蔬菜供应，还紧急动员每一个市民，家家户户都要购买大白菜，储存一冬甚至一春。如果不买，冬天市场上没有菜，勿谓言之不预。

对于大多数人来说，能够买到够一冬天吃的白菜就已经心满意足了。买白菜是北京人入冬的第一件大事。提前几天，各家就要到居委会登记，家里有几口人，买多少斤，都写得明明白白的，到时候每家都早早地去排队。

当然买菜的时候还是要凭副食本的。买完了，副食本上就要写明：冬储菜已购。大白菜基本都能买上，但是买好菜买坏菜就靠各家的努力和运气了。其中最实在的一条就是看见好菜马上去排队。

有一天快天黑的时候，副食店门口卸了一堆大白菜，菜特别好。居民们口口相传：来大白菜了，明天早点儿去排队呀！

第二天一早，吉祥五点钟就去排队。吉祥和母亲约好了：到七点多钟，母亲再来替换他。

刚到那里，已经排了有几十号人了。街坊邻居的，看着都是熟脸。

排在吉祥前面的一个老大爷很健谈，他转身问吉祥："学生，几年级了？"

"高二。"

"上学迟到怎么办？"

"一会儿家里人来换我。大爷，您老高寿了，怎么没让孩子来排队呀？"

老人说："我喜欢早起，站在这儿也没有什么。"

吉祥竖竖大拇指。

大约六点钟的时候，杨胜利出现在吉祥的面前。他带来了两个吉祥求之不得的好消息。

杨胜利说："你把你们家副食本给我，我把你们家和我们家的大白菜一块买了。我用三轮车给你们家送回去。"

"你不上学了？"吉祥问。

"买完菜，估计也就是七点来钟。你母亲也不用来了。还有，今天副食店来带鱼，三毛八一斤的那种。我们家不买，你拿我们家副食本买吧。"

"你们家怎么不要？"

杨胜利没有说话。

没有多少客套，也没有多少推辞。杨胜利的爸爸是菜站的，好像杨胜利出面买菜总是那样容易，那样顺畅。吉祥后来才知道，杨胜利只是借三轮车比他们方便点儿。他们家买菜，也要副食本，和其他人一个样。该排队也得排队，也不能挑三拣四的。他来帮助吉祥，完全是热心肠。

吉祥回了家，和母亲说明了情况。父亲正好也在家，父亲说："两份带鱼咱家也买不起。问问郭家的儿媳妇要不要。"

吉祥七点四十到了学校，发现教室里许多座位还空着。

第一堂课铃声响起来的时候，好几个同学才匆匆忙忙地跑进来。

杨胜利也赶到了。吉祥松了一口气。这么多人踩着铃声进来，早自习都没上，为什么？大家都心知肚明。

第一节是语文课，语文老师也不讲课，只是斜着身子胳膊肘顶在窗台上看着窗外。大约五分钟以后，又有三个同学边喊"报告"边走进教室。

语文老师这才在讲台中间站定说："今天早晨迟到，是因为买白菜的，请举手！"

"好！那不算迟到。"

迟到的同学一齐鼓掌。

老师又说："如果明天我也因为买冬储大白菜迟到了，算不算迟到呀？"

"不算——"同学们一边鼓掌一边乱叫。

老师笑笑说："虽然大家这样说，我还是要以身作则。"

杨胜利忽然说："老师，我帮你买！"

语文老师抿了一下嘴唇，做了个双手抱拳的动作，然后转过身在黑板上边写边说："今天我们写一篇即兴的小作文，题目就是《我与冬储大白菜》。"

高二下学期都快要到期末了，赵中华通知吉祥，学校的团委书记要和他谈话。吉祥又高兴又紧张。在学校团委会的办公室里，新来的团委书记 —— 一位梳着长辫子的女老师先是很客气地问吉祥的班级姓名，然后问他是不是一直有加入共青团的愿望。吉祥如实回答。

　　最后，团委书记让吉祥谈谈对家庭的认识。

　　让一个十六岁的少年谈这个问题很困难也很容易。父亲的历史问题就是在抗日战争的时候，在国民党的部队里当过军官。但抗日战争胜利以后，父亲就离开了部队。他说他从来就没有和解放军打过仗……

　　他对团委书记说："我的父亲参加过国民党部队。我要和他划清界限。"

　　之后不到一个月，吉祥就光荣地加入了共青团。

　　吉祥回到家，告诉了父母这个消息。没有想到，他们比吉祥还要高兴。父亲将手放在吉祥的肩膀上说："这下我心里踏实了。"

　　说这话的时候，父亲的眼睛湿湿的。

黑板报近日新闻

1962 年 10 月 28 日，苏联领导人赫鲁晓夫宣布撤走部署在古巴的导弹，古巴导弹危机结束。

第二十二章

给华罗庚的信

高二的暑假结束了。

返校日的那天，大家都高高兴兴聊起暑假的见闻。

一个住校的同学说："告诉你们呀，听说王夏要受处分了。"

"为什么受处分？"

"是校外打架了，还是偷东西了？"大家忍不住关心地问。

那个同学故意卖关子："我也是李老师和咱们班主任说话的时候，听了一耳朵。"

"你凭什么能听一耳朵？老师说话你怎么在场？快快详细招来 —— "

"谣言止于智者。"那个同学忽然像个君子似的文绉绉地来了这么一句。

吉祥对王夏的印象不错。王夏虽然淘气，但是为人比较仗义，而且心眼儿也不坏。

他左右看看，返校日大部分同学都来了，只有几个同学没有来。王夏就是其中之一。这不免让大家满腹狐疑——王夏没准儿真的出事了。

在正式开学前的这段时间里，吉祥心里一直惦记着这件事情。

开学了，全班同学都来了，王夏也来了，平时那种人来疯的样子没有了，耷拉着个脑袋。有人和他打招呼，他也只是咧咧嘴，看得出是强作欢颜。

全校大会上，校长讲了几句祝贺大家、勉励大家的话。

接下来，是教导主任姚老师讲话。姚主任一上台就像带着一股威风，还没有讲话，台下已经是异常安静。

"高三（二）班在暑假期间发生了一件让大家很气愤的事情……"姚主任说话没有开场白。

全校的目光向高三（二）班聚拢，高三（二）班同学的目光也向王夏身上聚拢。

"我们贝府中学是所优秀的中学，团结友爱是同学关系的准则。可是我们有的同学没有把同学当作朋友，而是把他们当成可以任意欺凌的人。现在我点一下这几个同学的名字，他们是高三（二）班的王夏、钟亚曾两位同学。

"他们的劣迹我先不讲，他们要受什么处分我也不讲。我们把这个事情交给高三（二）班自己讨论。高三的同学你们大部分都已经十七岁了，有的已经十八岁了。这意味着什么？你们已经是成年人了。我相信你们可以提出正确的处理和解决的办法。"

讲完话，姚主任就走下台。校会也就结束了。

高三（二）班的同学都一脸严肃地回到了班级。教室换了，那是离王府大堂最近的院子。一班在院子东侧，二班在西侧。

班主任赵老师给大家说了事情的经过。赵老师的讲述和姚主任相比，显得平静多了：

放暑假的时候，王夏他们几个还住在学校。其中也有田汉树同学。田汉树同学给著名的数学家华罗庚写了一封信。这件事情让王夏他们几个人知道了。他们就以华罗庚的名义给田汉树回了一封信。

信的大致意思说："你给我的来信已经收到，从信中可以看出你是个有志气、有理想的青年。"来信告诉田汉树说："明天凌晨你可以观察一下，在'仙后座'那个 W 的右边一撇的上边有一颗刚刚发现的新的行星。另外明天我有空，你可以到我家来，我们见个面。"

信写好了以后，他们找了一张四分钱的旧邮票贴在信封上，再用钢笔在信封上把邮戳画完整。然后钟亚曾把信送到了学校的传达室。经过传达室，田汉树接到了这封伪造的华罗庚的回信。

田汉树看到这封信，心里非常激动，回到宿舍就对同学们讲了。这一下住在学校的同学都知道田汉树收到了一封华罗庚给他的回信。有的同学还提醒他："可能是假的吧？"田汉树却坚信不疑。

第二天凌晨，田汉树真的从床上爬起来，站到宿舍楼的楼顶上观察信里提到的新星。他找到仙后座——几颗星星组成的那个 W，在 W 右上角的天空仔细寻找。大家起床问田汉树找到新星没有。田汉树说，似乎模模糊糊地看到一颗星。大家都暗暗地笑他。

那时几乎全宿舍的人都已经知道田汉树收到的信是王夏他们编造的，但是都没有说破，还跟着一起撒谎。

有的一本正经地说："信是真的。"有的说："赶快去见华罗庚吧，别误了时间。"还有的说："你要把信带上。""我借你一件上衣吧。""把头发梳梳。""要带个笔记本做记录啊！"

说话的人都很开心，但却是一副诚恳的关心的样子。

田汉树赶紧洗脸，赶紧吃早饭，挎着书包上路了。

田汉树同学没有坐车，他步行走到长安街，沿着长安街走到复兴门。同学们，是走着去的呀！他走到新北京（万寿路一带的部队大院），按照信上写的地址寻找华罗庚的家。可是那个地址是胡诌的。一个大院的门卫看了他的信对他说："你的信不像是真的，再说，华罗庚也不是军人，怎么会住在部队大院里呢！不要再找了。"这时候天上下起了小雨，天也快黑了。田汉树开始往回走。回到学校宿舍，已经是晚上八点多钟了。当天夜里，田汉树就开始发烧。

教室里很安静，所有在学校住宿的同学都低下了头。

"这就是事情的经过，我们想一下，然后发表自己的意见。要不要给王夏等几位同学处分？给什么处分合适？"

大家都不说话了，比刚才还安静。

赵老师点名说："赵中华，你是团支书，你带头发表意见。"

赵中华说："我觉得这件事情还是学校决定比较好。学校能掌握分寸，另外也有权威性。"

"赵中华，如果你现在就是校长，你怎么定？"

"老师，我不是校长 —— "赵中华回答。

赵老师的脸拉长了："学校把这个权力交给了我们班，就是信任我们。你们却又推给学校，如果学校决定给他们记大过处分，你们同意吗？你们高兴吗？你们会说：这个处分是学校给的，不关我的事。你们心里踏实吗？"

一个女老师在这个时候说出这样带劲儿的话，同学们很是心服。

"王夏和钟亚曾是写信的，是送信的。这件事情住校的同学其实都知道，但是大家都瞒着田汉树。现在都不说话了。

你们是男子汉吗？"

赵中华坐不住了，他又发言："如果让我说，我认为这件事情的后果是很严重的。但是王夏他们写信的时候，没想到后果这么严重。田汉树同学是受害者，但是他也是不动脑子。我的意见是：对王夏、钟亚曾进行严厉的批评，让他们给田汉树道歉，但是就不要给他们处分了。"

赵中华坐下了，教室里活跃起来。

班长说："我觉得说田汉树不动脑筋，这话有点儿不妥。一个骗子骗了人，难道还要说被骗的人笨吗？我觉得应该给他们处分，比如警告什么的。"

一直没有吱声的钟亚曾站起来："我知道王夏给田汉树使坏，觉得很好玩，还帮助把信送到传达室，现在想起来，很对不起田汉树同学。"

田汉树从座位上站起来："我也是太一根筋了，其实后来我再仔细看那封信，发现邮戳和字体都能看出破绽。我当时真是太激动了。他们坏，但他们不是坏人！"

这个时候，和田汉树住在同一个宿舍的几位同学不约而同地站起来，他们给田汉树深深鞠了一躬，承认了自己的错误。

最后的结果是由教导主任在全校大会上宣布的：问题

性质严重，但当事者能深刻地认识到自己的错误，并且得到了受害同学的谅解。学校决定对王夏、钟亚曾予以口头警告处分。

"他们坏，但他们不是坏人！"成了同学们的口头语。

那几天同学们见了住校的男生就调侃地说："你们坏，但不是坏人！"吉祥却一次也没有说过。

黑板报近日新闻

1962年11月18日，丹麦物理学家尼尔斯·玻尔逝世；

1962年11月30日，缅甸人吴丹出任联合国秘书长。

第二十三章

第一本『著作』

有一天，钟亚曾问吉祥："想不想参加航海学校？"

"航海学校？在哪儿？是不是青岛？"

"想什么呢？就在什刹海。全名叫什刹海业余体校航海学校。"

"我参加，耽误上课不？"

"就半天，星期日上午，或者星期六下午。"

星期日的上午，吉祥跟着钟亚曾来到什刹海，顺利地通过口试和笔试。

最后，老师领着吉祥他们几个来到了一个比较大的房间。在那个房间的墙上，吉祥第一次看到航空母舰的示意图，还有驱逐舰、巡洋舰、潜水艇的挂图。

老师对吉祥说："你被录取了，分在轮机班。"

对录取到轮机班，开始吉祥还不太高兴，因为轮机班的工作就是需要在船的甲板下面开机器，如果发动机坏了要维修。这个工作不如信号班有意思。

老师很严厉地说："服从分配，你们已经是很幸运的同学了。不服从分配的，现在就可以离开——"

没有人动，连呼吸都变得紧张起来。

吉祥最后记住了以后每个星期日来。轮机班的主要活动有两项，第一是听老师讲船下机械包括气缸、活塞等的原理，第二是大家要进行划舢板训练。

在什刹海一眼能望到边界的湖面上，只有一艘小汽艇。吉祥在这所航海学校里学习了八次。他永远记得第一次上课的情景。

对于吉祥这些没有见过大海也没有见过大船的高中生来说，除了看画，就凭想象——大轮船上吊着很多舢板，实际上就是很多小船，小船上有很多桨。辅导员说划船时不是坐着划船。吉祥有些奇怪。

当吉祥坐在舢板上握着那沉重的桨奋力划水的时候，双脚蹬在前面座位的底部，身体全部拉直，屁股只是贴在座位的前沿上。这让吉祥体味到在学校和日常生活中根本无法体味到的、与大自然那种既亲近而又搏斗的精神。那段时间吉祥知道了什么是旗语，什么是灯光信号，什么是航空母舰。

"你们虽然在轮机班，但是作为一个航海人……"

老师的话犹在耳边——作为一个航海人，许多能力都要具备，对青年学生而言那既是体力的锻炼，也是意志力的锻炼，也是开阔眼界的锻炼。

吉祥经常想，这两年，除了在教室里学习，他参加过天文小组，现在又参加什刹海的轮机班。虽然这都不是学校组织的，但是贝府中学的学习环境是宽松的。贝府中学的学生不是死用功，贝府中学的学生很潇洒。

吉祥不由得想到，当时和春来争论哪个学校好，如果把这条提出来就好了。贝府中学的学习是活泼的、自觉的学习。

学校成立了校办工厂，是学校和一个叫民用灯具厂的单位联合办的。其中一个车间放到了王府的一个内院里。王府真是面积大房子多，要不是到校办厂来劳动，同学们还不知道王府里藏着这样一个院落。

赵老师给大家布置了命题作文：《走进校办厂随感》。

规定一节课交卷。

发作文本的那天，赵老师特意选了几个同学的作文念了一下。

王夏的作文写道："走进这个校办厂，我想起了历史老师在课堂上说的话：北师大的校舍原来是王府的马圈和花园。咱们贝府中学所在的地方才是王府的正经地方啊！"

同学们不由得哈哈大笑起来。

赵中华的作文："高高的青砖围墙，朱红的油漆大门，里面共有大大小小十多个院落，厅堂馆舍富丽堂皇。王爷们谁能够想到，在他们的厅堂和卧房出现了校办工厂。呜呼！青山遮不住，毕竟东流去……"

钟亚曾的作文："在这样的学校上学，对于古代诗词的理解就是容易得多。比如学习《红楼梦》，让我们按书中的描写寻觅一下。每个同学都会知道哪里是怡红院，哪里是潇湘馆，哪里是大观园……可是，如果把工厂搬到王府里来，会不会就让《红楼梦》中焦大那样的人得了势呢？"

赵老师最后总结说："大家要记住，我们的作文可以展示才华，但绝不可嬉皮笑脸。主题要明确，主题还要正确。刚才的几篇作文里都没有提到学工具体做什么。"

他当场把王夏叫起来："你说说，你们在校办厂做什么。"

王夏娓娓道来：

"我们是组装一种叫电动补偿器的东西，就是把十好几根炭精棒七拐八拐地用铁卡子装到一个架子上，那个炭精棒比筷子还长一点儿，特别娇气，一不小心就碰断了……工艺不难，但是容易把炭精棒弄折。校办厂的师傅给大家规定：装一个成品，炭精棒不能折两根以上！师傅说，装得慢一点儿不要紧，就是不要弄坏东西！干得好的同学一天能装四五个。我——也就是王夏同学一天最多装过三个，而且一根炭精棒也没有断。有一天我还受到了师傅的重点表扬！"

听到这里，赵老师不由得给王夏鼓起掌来。看见同学们都没有鼓掌，赵老师很奇怪，就问身边的吉祥是怎么回事。

吉祥站起来，好半天才说："师傅那天表扬的是田汉树，不是王夏。"

同学们大笑起来。

玩笑归玩笑，其实同学们学工还是很有收获的。

当同学们看到自己组装的补偿器的外部包上马口铁壳，还要喷上油漆，贴上铭牌的时候，都有点儿小小的自豪。

后来，吉祥花了几天的时间，请教师傅，查阅资料，最后把电动补偿器的制作方法和工作原理写成了三十多页的书。吉祥把一本平面几何的硬书皮拆下来，装在写的书上。这本书还参加了学校勤工俭学成果展览。

如果书不分大小和厚薄的话，这可能是吉祥一生中写的第一本书。

黑板报近日新闻

1963年1月2日，中国成为世界上第一个断肢再植成功的国家；

1963年3月5日，《人民日报》发表毛主席的题词：向雷锋同志学习。

第
二
十
四
章

一
碗
丸
子
汤

一般的小贩都在学校门口摆摊。贝府中学可是很开放的，学校允许卖炸丸子的小摊贩进到学校的院子里，原因就是这个小摊太受学生欢迎。

走进贝府中学的大门，正面是一条石板铺成的大通道，往右走经过一个小门，有个跨院。就在这个小跨院的一边，每天早晨都有一个卖炸丸子的男人和他的车子停在那里。车上是炉子和冒着热气的大铁锅。还没有到跟前，锅里丸子的香气就随风飘了。

馒头大小的白瓷碗让人看着就觉着亲切，连汤儿带水五分钱一碗，一碗里有八九个丸子，热热乎乎的，来上一碗当早点，的确不错！这个人炸的丸子是一绝，焦黄焦黄的，干吃时又脆又香，煮着吃既不硬又不散，喝完汤还能再让他加点儿！有时丸子汤里还会添些炸豆腐泡，更加好吃！有的同学带个烧饼或者馒头来就着吃，就是一顿实实在在的早饭！

这个丸子摊，在学校很受欢迎，每天都是生意兴隆。早上七点前卖炸丸子的男人准来。一直到上课前的一个多钟头里，吃丸子的人，能围着他的车转好几圈儿！一直到上课铃声响起来大家才散去。

那天吉祥上学走进学校，迎面遇到了班上的郭万成。虽说他们初中是同学，高中还是同学，但是因为郭万成总是看不上吉祥，甚至是想方设法地挑他毛病，吉祥打心眼里不愿意理他，所以见面能不说话就不说话。

不料，郭万成迎面走来，居然还伸出手说："祝贺你——"

吉祥也不得不伸出手："祝贺我什么?"

"祝贺你学工的成果，还写了书。"郭万成说。

"原来是祝贺这个呀！算不了什么呀！不值得。"吉祥松开了手。

郭万成说："我今天请你吃炸丸子吧。"

吉祥愣了一下，他犹豫了，不知道是郭万成的诚意感动了他，还是炸丸子的香气吸引了他，还是"冤家宜解不宜结"的老理启发着他。他居然就跟着郭万成走到了卖炸丸子的车前。

吉祥第一次在学校里吃丸子汤。本来是想尝尝好味道，结果什么味道也没有尝出来。因为他心里总是觉得眼前发生的事情太奇怪。

"他为什么要祝贺我？他为什么要请我吃丸子?"吉祥心里越想越不舒服。想着想着，他从兜里掏出五分钱放在车子上。

"不至于吧?"郭万成酸不溜丢地说。

吉祥鼓起勇气，毫不犹豫地走了。

吉祥很高兴，那五分钱虽然不多，但是在郭万成面前他能这样不给对方留面子，显示了自己的英武之气。

有一天，吉祥和赵中华聊天说起了这件事情。

赵中华说："这种不按常理出牌的人，我们要敬而远之。"

钟亚曾说："你有了成绩，变强了，他就要拍你的马屁。"

吉祥始终不理解郭万成这种人，为什么他总是盯着自己不放呢？他的心里在想什么呢？将来他会是什么样子呢？永远这样吗？

那天下午，一班和二班比赛打篮球。吉祥当裁判。他用的哨子就是钟老师送给他的。那一天比赛很激烈，大家也很认真，就好似毕业前夕的纪念比赛。

赵老师和许多同学都来观战。中场休息的时候，赵老师很诚恳地说："吉祥，想不到你有这样的本事呀！挺专业的。"

吉祥谦虚地说："不知道怎么回事，今天我也是超常发挥！"

比赛结束的时候已经是傍晚六点了。吉祥从操场边上拿了自己的书包就往校门口走。刚出校门，他猛然觉得脖子上空空荡荡的，一低头，哨子不见了。他一面往回跑，一面在衣兜里摸索。

到了操场，围着球场走了一圈，也没有找到哨子。

黑板报近日新闻

1963 年 6 月 16 日，苏联航天员捷列什科娃乘坐东方 6 号宇宙飞船进入太空，成为世界上第一个进入太空的女性航天员。

第二十五章

毕业前后

贝府中学高三（二）班公认的学习尖子是个小胖子。高二的时候，他曾经在家养病两个月，回到班上，参加期末考试，七门课，居然门门都是一百。

高三（二）班对面就是高三（一）班。他们班的学习尖子是个很帅的小伙子。

他可能早早就知道爱美，永远是大分头。冬天的时候，他穿一件人字呢的旧大衣。无论多冷的天气他都不戴帽子，但是围巾一定要有，显得很帅很潇洒。

有一天课间操，不知道因为什么事，他和教导主任姚老师吵了起来。教导主任是个人人都敬畏三分的男老师。那天可能是帅小伙占了点儿理，竟然顶撞老师。

姚主任突然说："我告诉你！你小子别狂！大学，你没戏——"

姚主任的话刚一出口，帅小伙立刻安静了，好像发声的开关忽然被关闭，一句话也没有了。

他走下台阶，默默地站在自己的队伍里。

那一年高考发榜以后，帅小伙果然没有被任何大学录取。他去了一家名叫黑白铁社的街道工厂当了一名学徒。小胖子也没有被任何大学录取，他去了八达岭林场当了一名工人。到了后来，同学们才影影绰绰地知道，每一个毕业生的档案口袋里，都有一张政治审查表，这张表格是吉祥没有见过的。这张表格和高考成绩一起被送到将要报考的院校。

那张政治审查表格上有个意见栏。对于家庭出身有问题的学生，意见栏上就会写道：该生大学不宜录取。如果有问题，但是不是太严重，就会写道：该生重点大学不宜录取。

这两位学习尖子都属于第一类情况，不论他们在一班还是二班。

参加高考之前还有报名参军的活动。许多同学都报名了，按国家规定：如果被大学录取了，就免除兵役，去上大学。如果没有被大学录取，就可以参军。但是参加解放军也有严格的政治要求，比考大学的要求还高。

吉祥也想报名参军，他觉得上大学和参军都挺好的。但是想起入团的经历，他知道自己参军是没有希望的。他来到班主任面前试探着问："老师，您看我还报名吗？"

老师想了一会儿，和蔼地说："你就别报了吧。"

当时最让大家羡慕的大学就是"哈军工"，全名就是"哈尔滨军事工程学院"。它的牌子比清华、北大还要响亮。"哈军工"不但需要分数高，政治条件还要过硬。考上"哈军工"的同时就成了解放军的一员。

高考发榜了，邮递员骑着车把通知书送到考生的家里。那两天，邮递员成了人们最关注和最欢迎的对象。

春来考上了张家口军事外语学院，杨胜利考上了北京师范学院，吉祥接到了一个大专的录取通知书——北京建筑工程学院会计专业。

吉祥犹豫了，他不想当会计，也不想上大专。

吉祥和爸爸妈妈说了自己的想法。父亲和母亲都不说话，只是默默地看着吉祥。

一旁的郑大婶等了一会儿说："吉祥，我说这话你别不爱听，你的家庭能上这个学校就不错了……"

人与人的命运真是不同，有些同学在高考之前就被学校通知保送。钟亚曾就是其中一个。他被保送到国际关系学院。

赵中华被中国医科大学录取。王夏考上了航空学院。田汉树上了北京师范学院的天文系。

还有宋国钧，他去当了小学老师。有一次吉祥去宋国钧所在的小学看望他。他说："我们家的条件不容许我再复读。能当个小学老师就挺好的。"

他的平静让吉祥受到了深深的触动。

还有一件事情让吉祥久久不能忘怀。

杨胜利原本没有报名考大学。母亲跟他说，家里穷，还等着他挣钱呢！杨胜利家里共八口人，杨胜利是老大。只有杨胜利的父亲一个人在菜站工作，每个月六十块钱的工资。

杨胜利是个懂事的人，他决定不上大学，早早参加工作。

他的初中同学，也是老朋友岳兴华从郊区赶来，拉着杨胜利去报名，还替他交了报名费。于是杨胜利就努力复习功课。他的面前有几条路，考大学、上军校或者当兵。不料检查身体的时候，杨胜利被检查出有萎缩性鼻炎，考军校和当兵都没戏，只能和大家一样，参加了高考。考完当天他就去给人家当小工了。

7月下旬他收到北京师范学院的录取通知书的时候，他正站在房顶上给师傅递瓦。

从房上爬下来接过通知书，他很高兴。可一回家他又为难了，因为父母希望他挣钱养家。

　　那一天，吉祥站在院子里给韭菜浇水。大门开了，岳兴华走进来说："我刚才去杨胜利家，他不在，知道他去哪儿了吗？"

　　吉祥愣了一下，他刚才和杨胜利一起进的胡同，亲眼看着杨胜利进的家门。怎么他转眼就不在了呢？

　　吉祥和岳兴华一起走到7号，走到杨胜利的屋门口。

　　吉祥喊道："杨胜利——"

　　屋里传来他妈妈的声音："杨胜利不在。"

　　吉祥灵机一动说："杨胜利，我知道你在屋子里，我是吉祥。"

　　门开了，杨胜利的妈妈站在门口："什么事？"

　　吉祥指指身后的岳兴华："他有急事找杨胜利。"

　　杨妈妈说："这两天，来家里的人挺多，都是动员杨胜利去上大学的。"

　　隔着杨妈妈的肩膀，吉祥看见了杨胜利坐在炕上，耷拉个脑袋，哭丧着个脸冲吉祥招手。

　　"妈，你让他们进来吧，我不上学了……"杨胜利说。

杨妈妈闪开身子，吉祥和岳兴华走进屋。杨妈妈正在一张小炕桌上打袼褙。打袼褙就是把一块块的碎布头用糨糊一层层粘起来，然后晾干了铰成鞋样子，做鞋底或者鞋垫。

　　床上还躺着杨胜利不满一岁的小妹妹。

　　杨妈妈说："不是我不让杨胜利上大学，实在是家里太穷了，我们上不起呀！"

　　岳兴华说："伯母，您听我说，考上北京师范学院每个月学校有十五块五毛的伙食费，住宿也不要钱，而且还可以申请助学金，完全不用家里负担。"

　　杨妈妈摆摆手说："现在不是他不用家里负担，而是他要负担家里。我也知道考上大学不容易，别人想上还上不了呢。我们家实在是太困难了，需要他马上工作帮我们一把。"

　　岳兴华想了一下说："伯母，那您说说，每个月需要杨胜利给家里负担多少钱？"

　　杨妈妈说："怎么也得十到十五块钱吧！"

　　岳兴华说："现在能考上大学的人很少，杨胜利考上了不去上，太可惜了。我想了个办法，您看行不行？"

　　"你说吧！"杨妈妈没有什么信心的样子。

　　岳兴华说："您不是说每个月要杨胜利给家里十到十五块

钱吗？您再克服克服，别要十块，要七八块钱。杨胜利也克服克服，他上学后申请的助学金据我所知大概是四到五块，让他给您一多半，两三块钱。"

杨妈妈紧紧盯着岳兴华的眼睛，好像要闹明白对方在说什么。

"我也克服克服，每个月我把家里给我的零花钱拿出一半——五块钱给杨胜利，让他每月凑成七八块钱给您，你看这样行不行？"

杨妈妈瞪大了眼睛说："那怎么行啊？他上大学怎么能够抠饬你们家呢？"

"我是杨胜利的好朋友，他能上大学，我心里高兴。"

杨妈妈紧闭嘴唇，强忍着没有让自己哭出来。

一旁听他们对话的吉祥也呆住了。五块钱在那个岁月就是救命的钱呀。他心里感到一股热乎乎的东西涌上头，脸好像在发烧。岳兴华就是大侠呀！那一刻，眼前的岳兴华好像不是他们的同龄人，而是叔叔和兄长啊！

屋子里很安静，杨胜利站起来，眼睛里都是眼泪。

杨妈妈用衣角擦擦眼睛说："兴华，这事儿，他爸爸回来了我和他商量一下。"

吉祥看见坐在炕上的小妹妹把打袼褙用的糨糊吃得满嘴都是，连忙大声说："别吃那个呀！"小妹妹吓得哭了起来。

杨胜利最后在北京师范学院主楼前面报了到。

吉祥走进了北京建筑工程学院的大门。

他想起了母亲的话：一个男人不光要勇敢，还要有韧性！

尾
声

乌鸦还没有走，不停地在我面前踱着步子。

我手里拿着的那个哨子是红褐色的，上面还有"上海制造"四个凸出的小字。

这个哨子是我的表兄从朝鲜战场上带回来的那只呢，还是钟老师托人送给我的那只呢？它们不但外表相似，声音也那样相同。

没准儿它们就是同一个哨子，经过了表兄的手，经过了钟老师的手，经过了我的手，还经过了许许多多我不知道的人的手。可能好长时间它都待在鸟巢里。但是一旦吹起来，它还会发出那个熟悉的声音。

我把哨子放到嘴上。

这时候，我看见，那只乌鸦飞走了。

忆起时间之河中的

那一朵朵浪花

纳　杨

评论

　　纳杨，中国人民大学文学硕士，先后在文艺报社、中国作家协会办公厅信息处、中国作家网、中国作家协会创研部工作。现为中国作家协会创研部综合二处处长，中国作家协会儿童文学委员会委员兼秘书。从事文学批评相关工作十余年，在《当代文坛》《南方文坛》《文学自由谈》等杂志发表文学理论评论文章多篇。

读完张之路新作《吉祥的天空》，莫名地想起高中历史老师教的"红线串珠法"。老师说，那些历史事件之间其实都有着千丝万缕的联系，就像一根"红线"，顺着这根红线就能记住这些历史。多年过去，当年背诵的历史知识已然印在脑中，那一个个事件就像一朵朵浪花，在时间的长河中，起起落落，互相推动着前行。《吉祥的天空》就是把其中一些"浪花"汇集成一股名叫"吉祥"的涓涓细流，用文学的语言缓缓流出，而"河流"的模样就在这背后隐隐呈现。

　　这部小说是《吉祥时光》的沿续，不仅是人物故事的沿续，也是创作风格的沿续，特别是其中密集而真实的细节，为小说带来了独特且有力的感染力。吉祥的初中、高中，正值1957年到1963年，新中国成立后最复杂且影响深远的一段岁月。作为中学生的吉祥，参与了那段历史，但更多的应该是见证。关于那段历史的文学作品很多，从中学生的视角去讲述，应该还很少见。很长一段时间以来，"轻浅"被奉为儿童文学的"特性"，也因此受到了诸多质疑。这一状况近年来有所改变。儿童文学作家们经过多年沉淀和积累，不断突破题材的限制，寻找更加广阔、更具深远意义的创作领域，开始尝试让一些复杂的历史，比如建国初期这样的历史进入儿童文学，为少年儿童创作贴近他们的心灵、符合他们的理解力和思维方式的文学作品。这样的创作实践为儿童文学增加了一层"厚重"之义。《吉祥的天空》就是这样的一种实践。

这样的创作，难度是极大的：一要考验作家对历史的认知是否准确、全面，思考是否深入；二要考验作家是否能够克服成人心态，忠实于儿童视角；三要考验作家对当下儿童心理的把握，是否能够吸引当下的读者跟随小说的节奏，感受人物的情感与感悟。应该说，《吉祥的天空》在这三方面都比较成功。

小说以时间为轴，讲述吉祥从初一到高三这六年中的生活点滴，但绝不是平铺直叙，而是以吉祥的心理感受为准绳，记录下那些让他记忆深刻的事。而这些事很多都是与当时社会的重大事件相关联的。比如：朝鲜战场上归来的英雄表哥送给吉祥的哨子；全民总动员的消灭"四害"行动；到乡下帮助人民公社收玉米、摘棉花，也就是"学农"；参加庆祝中国少年先锋队建队十周年纪念大会；国庆典礼上承担放飞和平鸽的任务；三年困难时期和哥哥一起到田里捡剩下的白薯；等等。初中生的生活还是以学为主，但出了校门便进入社会，大环境的影响会随着学生的家庭生活渗透到学生的内心。小说中对于当时一些特殊的历史事件，比如大字报、右派、读书、档案、介绍信、入团等，则以极简的方式处理，一不进行普及式介绍，二不深入描写，仍以吉祥的感受为准绳，以一个中学生的理解方式去写。吉祥就是在与家人、亲戚、朋友、邻居的相处中感受着社会的气息；同时，正在成长的吉祥，也从这些点滴小事中不断吸收着精神养分，强壮着男孩子的内心，形成自己的"三观"。

作为初中生的吉祥，也有着男孩子的普遍性格特征。比如好面子，有时也会有小小的恶作剧的念头，喜欢冒险、主持正义等。他的同学们也都个性突出，比如好朋友宋国钧，爱读书爱学习的刘春来，为科学痴狂的田汉树，讲义气又爱捉弄人的钟亚曾、王夏，天文爱好者赵中华，因为家庭困难而放弃上大学的杨胜利，以及为朋友杨胜利能上大学而鼎力相助的岳兴华，当然也有不那么正直的郭万成。还有几个女生，邻居于秀敏和她的同学宋佳圆，虽然出场不多，但让人印象深刻。这些孩子们身上都有那个时期的社会气息，生活的艰难或多或少地压在了他们肩上，但他们都是积极向上的追梦者，为了美好的明天而努力学习，热爱读书，崇尚知识和文化。他们也敏感地感受到当时社会的风气，听到大人们谈论一些事情——很多大人们讳莫如深的事情，也有很多不理解的地方。这些事情在他们心中留下了深深的烙印，成为他们人生历练中的一个个铸点。

一部讲述往事的小说是否能够引起当下小读者的阅读兴趣？在《吉祥的天空》里，处处都能引发当下小读者的关联性，因为小说的重点是吉祥这样一个中学男生的成长，每个人成长的经历可能不尽相同，但那些人生道理、处世哲理、性格养成等则是相通的。比如：吉祥和好朋友刘春来、邻居于秀敏之间爆发的关于谁的学校更好的争执，就很有代表性。女生于秀敏一时兴起，问吉祥和刘春来谁就读的学校更好。刘春来的学校是当时社会上公认的好学校，吉祥的学校则不那么有名。女生本是觉得好玩儿，但真正"杠"上后，吉祥也不愿示弱，与刘春来你一条我一条地数出自己学校的优长，可惜最后还是败在升学率上。气极败坏的吉祥为挽回面子，搬出了刘春来借读生的弱点，让刘春来无言以对。但是表面上赢了的吉祥，却立刻承认自己输了。这场争论让吉祥明白了很多道理，相信也会让小读者们心有所动。另一个让人印象深刻的小故事是关于一场隆重的纪念大会的。吉祥和好朋友宋国钧原本都被选中参加大会，且宋国钧在学校是中队长，在别人看来是比吉祥更有理由被选中的，他本人也和吉祥一样觉得光荣，积极准备。可是最后宋国钧却因家庭问题不能参加了。吉祥替朋友难过，想把在大会上得的一个苹果送给好朋友。跟妈妈一说，妈妈建议他不要送了，因为这会让朋友更加难过。通过这件事，吉祥记住了妈妈的话："一个男人不光要勇敢，还要有韧性……"读到这里，小读者们也会跟吉祥一样，从中悟到一些东西。这样的例子还有很多。可以说，这部小说就是以这样的一个个小故事串联起来的，读起来没有难度，但要深究就会发现很多东西埋藏在字里行间。

吉祥和他的同学们是伴随着新中国成立后探索如何建设社会主义新中国的道路成长起来的一代。他们的成长历程，与今天的中国有着千丝万缕的联系。建设社会主义新中国，或许就是《吉祥的天空》里那根隐形的"红线"。小说通过吉祥和他的同学、朋友的生活经历，为今天的少年儿童提供了一个易于亲近、理解和认知新中国建立初期那段历史的文学版本。